心

姜尚中

集英社文庫

目次

第一部

第一章　友の死

第二章　親和力

第二部

第三章　ライフ・セービング

第四章　親和力ふたたび

本文デザイン／泉沢光雄

心

第一部

第一章

友の死

一　与次郎

青年は突然、わたしの前に姿を現した。

積み上げられたサイン本の山の間に迷彩柄のダウンジャケットが覗《のぞ》き、「え、まだ時間では……」と見上げたわたしの目と、わたしを見つめる彼の目とがぴたりと合った。日に焼けた肌と、若者特有のきれいな輪郭、そして、はにかんだような戸惑ったようなやわらかい奥二重の目。一瞬、わたしは息をのみ、思わずあの子の名前を口走りそうになった。——ただ、次の瞬間、別人であるとわかったけれども——、わたしと青年は双方まったく別の思いを持って、しばし目と目を見つめあったのだった。

それはずいぶん長い間のように思われたが、じっさいにはほんの数秒だったかもしれない。青年はすらりとした長身の背中をほとんど直角に折り曲げ、ていねいすぎるお辞儀をすると、結んでいた唇をおもむろにゆるめ、言葉を発した。

「突然すみません、大学生の西山直広《にしやまなおひろ》といいます。先生のファンです。ぶしつけとは思ったのですが、どうしてもお目にかかりたくて押しかけてきました」

しばたたく瞳の奥に思い詰めたものがあふれていた。そして、やや顔を赤らめ、いったん息を吸い込むと吐き出し、言葉を継いだ。

「これ、読んでください」

やや突き出すように、それでも両手をきちんと揃《そろ》えて机の上に置いたのは、定型の茶封筒だった。青年はまたわたしの目を見つめ、「真剣なんです。お願いします」と言ったなり踵《きびす》を返して去っていった。

ときならぬつむじ風に当てられたようだった。

一瞬遅れて小太りの書店員が駆けつけ、頬を赤くふくらませてまくしたてた。

「大丈夫でしたか、先生。すみません、呼び止める間もなかったもんですから——。しかし気をつけないといけませんね。近ごろの若いヤツにはけっこう危ないのがいますから。何をするかわからないんだ、マッタク」

書店員の言葉をぼんやりと聞きながら、わたしは〝遠い接近〟とでもいうような奇妙な感覚に襲われていた。

「さあ、みなさん、並んでください。カン先生のサイン会を始めますよ、いいですかぁ——」

書店員の裏返った声がフロアのざわめきを払うように響きわたった。

*

書店でのサイン会が二時間ほどで終わると、短い師走《しわす》の日はすでにとっぷりと暮れていた。

「お疲れ様でした。今日は強引にお願いしてすみませんでした」

編集者の笑顔にはわたしへの気遣いがあふれていた。

「いや、楽しかったよ。こうして一人ひとりと握手すると、読んでくれている人たちの素顔がわかって、本を出して本当によかったって気になるよね。そんなことってテレビなんかでは得られないしね」

コートの袖に腕を通しながら往来を見やると、いつしか霧雨が降りはじめていた。うるんだ夜気の中に色とりどりのイルミネーションがぼうっと霞《かす》んでいる。額に手をかざした人びとが足早に通り過ぎていく。

「タクシーを用意しますから、ご自宅までどうぞ」

編集者はしきりにタクシーを勧めたが、わたしは辞して屋外に踏み出した。無性に歩きたかったのだ。サイン会のあとは決まって心身の緊張が抜け、人恋しさと孤独感がないまぜになったような気持ちになる。

小雨に煙《けぶ》る往来を歩くうちに、コートの表面に夥《おびただ》しい数の雨粒がついていた。信号待ちの間、銀色に光るその水玉を見ていたら、さっきの青年の顔が思い浮かんだ。胸を締めつけられるように懐かしい、あの瞳。目を閉じて青年の顔を思い起こすと、それはいつの間にかもう一人の若者の顔と重なり、その思い詰めた眼差《まなざ》しは、「アボジ……」と語りかけているようだった。わたしは頭《かぶり》を振りながら、しばし立ちすくんだ。

「そうだ、手紙のようなものを置いていったな」

かばん、コートのポケット、ズボンのポケット……、やがて指の腹が上着の内ポケットにカサカサとした封筒の感触を探り当てた。

ふたたび時が動き出す。

わたしは道路脇に見つけたカフェに入り、腰を下ろすと、注文もそこそこに取り出した。急いでねじこんだせいだろう、もみくちゃになった便箋《びんせん》のようなものが封をしていない口から覗いている。広げると、やや右肩上がりの、あまり上手でない、しかし一字一字ていねいに書かれた文字が現れた。わたしは眼鏡《めがね》をはずし、裸眼で行を追いはじめた。

*

姜尚中先生。

はじめまして。僕、西山直広といいます。埼玉県の上尾《あげお》市にあるS学院大学の二年生です。先生のいらっしゃるT大みたいな名門ではありませんけれど、ご存じですか？先生も昔、上尾に住んでおられたと聞きました。ミッション系のこぢんまりとした大学です。

突然こんな手紙をさしあげたのは、苦しくてしようがないからです。誰かに聞いてほしかったのです。先生のご本を読んで、きっと僕の気持ちをわかってくださる人だろうと思いました。勝手にそう思い込んだんですが、ご迷惑だったら、本当にすみません。でも他に相談する人もいないし、言ってもわかってもらえそうにないし、迷った挙げ句、どうせだったら理想の人に聞いてもらおうって、ダメもとで先生にアタックしてみることにしたのです。

先生、二週間前に親友が死んだのです。

与次郎《よじろう》というやつです。

白血病でした。見つかるのが遅かったのと、若いから進行が早いのとで、あっという間に死んでしまいました。小学校からずっと一緒で、大学まで同じでした。家族も同然のやつでした。兄弟みたいでした。一緒に頑張ろうなって就活始めたところだったのに、こんなことって、ありでしょうか。悲しくて、悲しくて、どうしていいかわかりません。

甲高い声でよく笑う、笑うと目がなくなって八重歯がニョキッて出る、一緒にいると楽しいやつでした。身体《からだ》に穴があいたみたいです。

与次郎というのは本名じゃありません。「長与《ながよ》次郎」という名前なので、いつのまにか「与次郎」って呼ばれるようになったのです。先生もお好きな夏目漱石の『三四郎』に、与次郎って人が出てくるんですってね。ユーモアがあって、お調子者で、小回りのきく大学生だって。僕はサーフィンとライフ・セービングしか取り柄がない体育会系ですけど、与次郎は文学青年ですからよく知ってて、「俺のキャラにぴったり」って気に入っていました。ただ、「俺のほうが小説の与次郎なんかよりぜんぜん誠実だけど」と笑ってました。与次郎に言わせると、ぶきっちょで奥手な僕は「三四郎」なんですって。

入院したときには病人とは思えないくらい元気で、病気が進んでもしばらくは「色がちょっと白くなったかな」と思う程度で、相変わらずジョークを飛ばしていました。お母さんを笑わせて、病室も明るかった。だから僕、このぶんなら大丈夫、ぜったいに元気になると信じていたのです。けどダメでした。たった三ヶ月でした。ウソみたいです。いまでもウソだという気持ちが半分です。いまにも「おい直、何やってんだ、出てこいよ」って誘いのケータイが鳴り、明日になれば「よう」って、あの目が細くてちょっと垂れてる笑顔に会える気分なんです。

お棺に納まった与次郎の姿を、僕はほとんど見れませんでした。死んだってことを認めたくなかったのです。

それでも、うつむきながら上目遣いでちょっとだけ見たら、もともと細かった顔がもっと細くなってて、唇が薄くあいてて、トレードマークの八重歯が少し覗いていました。笑っているみたいでもあり、助けてくれよって何かを訴えているみたいでもあり、僕はものすごく恐《こわ》かった。あんな与次郎の顔は思い出したくありません。あんなのは与次郎じゃありません。

友達の中には与次郎の手を取ったり、そっと頬に触れたりしてお別れする人がいました。そういう人のほうが多かったかもしれません。でも、僕はできませんでした。いやだ、いやだと逃げ出したい気持ちでした。冷たくなって固まっている与次郎なんて、冗談じゃないです。この世でいちばんだいじな僕の与次郎なのに、お別れなんかするもんかって気持ちなんです……。

先生、人間はほんとに死ぬのですね。

でも、なぜ与次郎だったのでしょう。与次郎でなくてもいいじゃないですか。日本には一億以上の人がいるんです。その中でなんで与次郎なんでしょう。二十歳になったばかりなのに。もし与次郎が病気になったことに理由がないとしたら、僕が病気になってたとしても不思議じゃなかったってことですね。だったら、どうして僕じゃなかったのでしょう。

与次郎がなんで死んだのかわからないと思いはじめたら、与次郎がなんで生まれてきたのかもわからなくなりました。となると、僕がこの世に生まれてきて、こうして生きている意味もわからなくなりました。

考えれば考えるほどわからなくなって、頭の中がぐちゃぐちゃになって、ワーッて叫び出したくなっていたとき、書店で先生の本を見つけたのです。難しいかなと思いましたが、「大いに悩みなさい」って言ってくださっている本だと思ったので、買って読んでみました。ちゃんと理解できてるか自信ないですけれど、心に響く文章がたくさんありました。

でも、ちょっとひっかかるところがありました。それは、

「絶え間ない発展の途上に生きている人は、そのときにしか価値を持たない一時的なものしか学べず、けっして満足することなく死ぬことになります。だから、確たるものの得られない死は意味のないただの出来事であり、無意味な死しか与えない生もまた無意味である」

とすれば、与次郎の死は無意味だし、与次郎が生きていたことも意味がないことになりますね。そういう意味なのですか。それとも、もっと違う意味があるのですか。

もしそうなのだとしたら、それ、僕はたまらなくいやです。そんなこと認めたくない

のです。けっして認めたくないんです。

誰もが無意味に生まれてきて、無意味に死ぬなら、何をやってもしかたがないじゃないかと思えて、何もしたくなくなりました。僕があまりにも暗く考え込んでいるので、母が心配して、「神様の思《おぼ》し召しだったんだから」と言ったときには、「そんなの聞きたくない!」って生まれて初めて母に怒鳴り返してしまいました。母は熱心なクリスチャンなんです。でも僕はそんな考え方はいやです。

先生、与次郎が死んだのが神様の思し召しだったのなら、神様はなぜ与次郎をこの世に授けたのでしょう。授けておいて、これからというときに奪ってしまうなんて、それが神様の思し召しですか。そんな神様って何なのでしょうか。

ぜひとも先生にうかがいたいんです。与次郎の死には何の意味もなくて、だから与次郎が生きていたことも意味がないのですか。

先生はお忙しくて、学生の僕なんかの言うことにいちいち答えてくださるお時間はないかもしれません。でも、もしかしたらという望みを託して、こんなお手紙をさしあげました。

メアドも書いておきます。

nishiyama-nxxx@xxx.ne.jp です。よろしくお願いします。

十二月二十一日　　　　西山直広

なるほど、そういうことか——と、ひとりごちて顔を上げると、カフェの柱に貼られたポスターの女性がものうげにこちらを見つめていた。わたしの好きなクラムスコイの「忘れえぬ人」だ。ガラス越しに夜のとばりがおりているせいか、そのまなざしは悲しげに見えた。思い詰めた顔をしていた青年のふっくらとしたまぶたと重なった。

外に出るといつの間にか雨はあがり、冴《さ》え冴《ざ》えとした夜空にぽつりぽつりと小さな星がまたたいていた。

＊

それから数日、仕事の合間合間、心に隙間ができるたびにあの青年のことを思い出した。彼はどうしているか。わたしの返事を待っているだろうか。

窓の外を見やると、あの日と同じ霧雨になって、ガラスに無数の水滴が光っている。T大の老朽化した建物の十階にある研究室——わたしの〝城〟——は、週末は人の気配が消え、まるで無人の孤島にいるようだ。机の片隅のiPhoneから聞こえるピアノの音色が室内の空気をかすかに振動させている。

いまなら返事が書けるかもしれない。わたしは思った。相手は三回りも若い青年だ。しかし、なまじっかな返事は出すべきではない。答えるのならきちんと向きあわなければ。

わたしは彼のアドレスを確認し、誰が見ているわけでもないのに、気持ちほど座り直した。

*

西山君。

いや直広君と呼んだほうが親しみやすいだろうか。

君の手紙、読みました。きっと君がわたしに望んでいることは、型通りの慰めやねぎらいの言葉ではないと思います。そんな言葉はいまの君には何の足しにもならないはずです。なにせ君は親友を失って悲しいだけでなく、心身ともごっそりと抉《えぐ》り取られ、自分がからっぽになっていくような恐怖感に苛《さいな》まれているのでしょうから。

君は友人の死を通じて、生きる意味がどこにあるのかわからなくなり、途方に暮れているのだと思います。たとえていうと、小さな子供が突然、握りしめていた手を母親にふり払われ、誰もいない夕闇の畦道《あぜみち》に取り残されたような感じではないでしょうか。あるいは自分が恐ろしい何者かによって連れ去られていくような、そんな心細い感じではありませんか。わたしも幼いころそんな体験をしたことがあります。そして十年前、親友を亡くしたとき、その感覚がよみがえってきました。

最近では「親友」はありきたりな言葉になっているようですから、彼のことをあえて生涯の「心友」と呼びたいくらいです。それほど、彼とは心に響くものがあったのです。

大学に入り、わたしは初めて心友に出会い、以来三十年近く、親交をあたためてきました。でも、その彼は五十歳の誕生日に数日手が届かないとき、帰らぬ人になりました。ガンとの壮絶な闘病の末に、目の玉がひっくり返るような凄《すさ》まじい形相でもがき、苦しみ、息絶えました。その姿にわたしは息をのみ、恐ろしくて言葉も出ませんでした。しかし、同時になにか身震いするような感動も覚えたのです。

「みんなしっかりと見ておいてくれ、これが俺の最期だということを。俺は最後まで生きようとしたんだ」

これが、彼の遺言でした。彼は自分に訪れつつある死という運命に彼なりに応えようとしたのだと思います。

彼はどちらかというと弱々しい感じがするくらい、やさしい男でした。でもその彼が絶望の淵《ふち》でそんな言葉を残したことに、わたしは崇高なものに触れたような気がしたのです。

「心友」は明らかに見込みのない患者でした。

賢明な彼はそれがわかっていました。それでも、当時日本の国内で許されていたありとあらゆる抗ガン剤治療に挑戦しました。コンマ以下でも延命の可能性があれば、どんな副作用や激痛が襲ってもひるみませんでした。

でも、すべての手だてが尽きたとき、さすがに彼も悲嘆に暮れました。死という運命を避けることも変えることもできないとわかったとき、やはり彼も死の影に怯《おび》え、真夜中、一人病室のベッドの中で身を縮め、恐怖のあまりガタガタ震えていたのです。

煩悶《はんもん》の末、彼はどうにもならない運命にどんな心構えで臨むべきなのか思案しました。自分の五十年の人生は終わってしまうけれど、消滅までの一日一日を、いや一秒一秒を、ベッドの上でどう過ごすのか、残されたすべての力を総動員して答えようとしました。

そうすることで、彼は「死に取り憑《つ》かれる」のではなく、「死を自分のものにしようとした」のだと思います。死を間近にひかえ、彼は何かを創造することも、人並みの体験をすることもかないませんでした。それでも彼は一瞬、一瞬、死とどう向きあうかという課題に具体的に答えようとしたわけです。

直広君、人生に生きる意味があるのか、人は何のために生きるのか、そんな大それた問いにわたしは答えられません。なぜなら人が生きる意味は人から与えられるものではなく、みずから発見するものだと思うからです。そしてそれは、人がその都度、その場所で具体的に課される問いに答えていくことで発見されるものではないでしょうか。

ある意味で答えはすでに君の前にあるのです。

ちょうどわたしの心友のまるごとの存在がそうであったように、与次郎君という存在そのものが答えになっているはずです。心友は心友なりに、与次郎君は与次郎君なりにその一回限りの、そして他の誰とも比較できない唯一の仕方でそれぞれに課された人生の問いに答えようとしたはずです。

といっても、与次郎君はわたしの心友よりはるかに若い、これからの青年でした。彼がどれほど死の恐怖に怯え、絶望の中でどれほど狂おしい日々を送ったか、想像にかたくありません。与次郎君が自分の病名と余命を告知されていたのかどうかわかりませんが、大学生ともなれば、自分の症状の抜きさしならないことぐらいは察するでしょう。

そして、自分に認めたくない運命が迫っていることを察知したとき、彼は君が言うように「なぜ俺なんだ、この世にはたくさんの人がいるのに、なぜよりによって俺がこんな目にあうんだ」と絶叫したくなったかもしれません。また、「なぜ俺は生まれてきたんだ。生まれてこないほうがよかった」と自分の生を呪《のろ》いたくなったかもしれません。

彼の心境は、きっと次のようなものだったはずです。

　なにゆえ、わたしは胎《たい》から出て、死ななかったのか。
　腹から出たとき息が絶えなかったのか。(ヨブ記)

二十歳にして突然生命を奪われるくらいなら、神様はどうして意識もなく、快も不快もないうちに、わたしを闇の中に永遠に封印してくれなかったのか。そう思ったかもしれません。

では、彼はただ恐怖に駆られ、生まれた日を呪い、自分の人生には何の意味もないと思ったでしょうか。いや、それだけではなかったはずです。

夏の夕暮れ、家族とそぞろ歩いた川縁《かわべり》に並ぶ夜店のあかり。君と将来の夢を語りながら一緒に見つめた、突き抜けるような秋の青空。そんな光景が彼の目に浮かんだかもしれません。そんなとき、自分の二十年はただ失われていくだけのものではないと思ったのではないでしょうか。

そうです。過去はただなくなっていくのではないのです。過去はしっかりと「ある」のです。それは、与次郎君だけの過去として、けっして消し去ることのできない過去として「ある」のです。

じっさい彼がそのように思ったかどうかはわかりません。それでも彼はきっと自分の過去をしっかりと抱きしめ、ねんごろにいたわりたい、慈しみたいと思ったのではないでしょうか。

君の手紙によると、与次郎君は最後まで明るかったそうですが、彼はいつもまわりの人を笑わせてきた自分の人生を肯定したいと思って、お母さんに向かって最後までひょうきんな態度を崩さなかったのかもしれませんね。

わたしはこう考えています。

与次郎君はただ無意味な死を迎えたわけではない。無意味な死ではなかったのですから、彼の人生も無意味ではなかったのです。彼は、絶望的な状況の中でその都度彼にしかできないやり方で人生が彼に課した問いに答えようとしたのです。

直広君、人には自分の肉体のためになくてはならないものが何であるのか、それを知る手だてが与えられていません。わたしたちの肉体は、いつなんどき、どんな事故で、どんな病気で消滅してしまうかしれないのです。

それがいつ、どうして起きるのかは神のみぞ知るです。

与次郎君は二十歳で、わたしの心友はほぼ五十歳で生涯を終えました。わたしは心友よりも長生きし、還暦を迎えました。どうしてこんなに違うのか、誰にもわかりません。

でも、わたしの人生には意味があり、与次郎君には意味がなく、心友にはまあまあ意味があるなどとは誰も言わないでしょう。それぞれに比較できない意味があるのですから。

直広君、君は真面目《まじめ》なのですね。

そんな君ののっぴきならない問いにわたしはきちんと答えられたかどうかわかりません。ひょっとするとさらに混乱させることになったかもしれません。それでも、わたしはわたしなりに真面目に答えたつもりです。

少々話が長くなってしまいました。このあたりでやめておきます。月並みですが、どうか元気で。

姜尚中

＊

書き終えるとあたりはすっかり暗くなり、ディスプレイの周囲だけがぼうっと白く浮き上がっていた。スタンドをつけると霧雨に濡《ぬ》れた窓ガラスにわたしの顔が映じた。遠いような、近いような心持ちだった。しばらくためらったのち、わたしは送信のキーをポンと叩《たた》いた。

首から上が熱っぽく上気していた。頬に冷たい手の甲を当てつつ研究室を出、通路の奥の非常階段に向かった。鉄製の重いドアを押し開くと、瞬間、寒風に交じって霧雨が吹きつけてきたが、かまわず小さな踊り場にたたずんだ。

本郷《ほんごう》通りを急ぐ自動車の騒音が、ずっと遠くで響く地鳴りと一緒になって地の底から押しよせてくるようだった。茫々《ぼうぼう》とした街並みのネオンがあちこちでわびしい光を放っている。目に見える大都会の輪郭は心細いほどあいまいで、小雨に煙る夕闇の中に消えていきそうだった。東京の輪郭よりも亡くなった青年の輪郭のほうがハッキリしているように思えた。

夜の底を通して、そのまなざしと向きあっている気がした。

二　先生

青年との出会いから一週間。彼のことは年末の慌ただしさの中になかば紛れかかっていた。絶え間なくかかってくる電話、書きかけの原稿、たまっているメールへの返信、来客への対応、打ち合わせ……。ちょっと気をそらすと、大切な思い出も大切な人のことも意識から抜け落ちてしまう。

そんな大晦日《おおみそか》の午後、わたしは一年の煤《すす》をはらい、新しい年を迎えるために大学に出かけた。

一年じゅう喧騒《けんそう》の絶えることのない東京の街も、年末年始だけは潮が引いたように静かになる。キャンパスはなおさらひっそり閑として、眠ったようである。冬の日に照らされた赤門《あかもん》がいつになく輝いているが、人影はなく、構内は門や木々の影で寒々としている。ひと月前まで美しい黄金色だったイチョウ並木も裸木となり、身を食べ尽くされた魚の骨のようだ。それでも空は抜けるように青く、空気はからからに乾ききって、どこかすがすがしくもある。

自分の〝城〟に入ると、机の上には窓から射しこむやわらかな光が跳ねていた。淹《い》れたてのコーヒーをすすりながらiPhoneから流れてくるナイマンの「ビッグ・マイ・シークレット」に耳を傾けていると、こわばった心が少しずつほどけてくるようだった。わたしは頰づえをつき、流れ去った一年のできごとをあれこれ思い出した。

ふと前後の脈絡もなく、滑落して谷底に落ちながら、その間、自分の一生の全体を恐ろしいくらい早送りされたフィルムを見るように回想していたという登山家の話が頭に浮かんだ。

——滑落の時間ってどのぐらいなんだろう。おそらく数十秒もないはずだ。それでどうして自分の長い一生のすべてを思い出すことができるんだろう。こうやって一年のことを思い出すのにもずいぶん時間がかかるのに。

とりとめもなく疑問がわき、いつしか思考はわたしの心友や青年の親友のことに行き着いていた。

――彼らも早送りのフィルムを見るように自分の人生のすべてを回想したのかしら。

そして、あの子も――。

わたしは目をかたく閉じて、ふたたびマグカップに口をつけた。

そういえば、わたしは青年に過去はなくならず、「ある」と答えた。あの意味を、彼はわかったろうか。わたしの不親切な回答のせいで、さらなる疑問にぶつかってしまったかもしれない。

そう思うと、にわかに彼のことが気がかりになった。

――もしかして、メールが来ているかも。

パソコンを起動すると、来ていた。数日の間にまとまって届いていたかなりの数の着信に紛れるようにして、それはあった。西山直広。妙に懐かしい、少しばかり胸の疼《うず》く
その名前。

わたしはずらりと並んだ太字の中から、彼の名を真っ先に選択した。

＊

姜尚中先生。

先生からお返事がいただけて感激です。ありがとうございます。僕なんかの手紙に、あんなに誠意のこもったお返事がいただけるなんて。

もしかしたら、ってちょっとだけ期待していたのですが、信じられません。にもかかわらずお礼が遅れて申し訳ありません。じつはあれから風邪をひいて寝こんでしまったのです。与次郎のことを考えながら近くの公園で一人で酒を飲んでたら眠りこんじゃって……、目が覚めて悪寒がするなと思ったらドッと高熱が出てダウンです。

僕、これまで与次郎のいない世界なんて想像もできませんでした。だから、与次郎がいなくなって、なんだかこの世界が急にまったく違うものになってしまったように思えて、恐ろしくなったのです。僕の人生なんて、とくに面白いこともないけれどすごい悲劇もない平々凡々たるものだと思っていたのですが、こんなにどうにもならない、悲しいことがあるなんて。「死」なんていうものがこんなに身近にあるとは、考えもしていませんでした。

先生からいただいたメール、何度も読みました。

先生も僕と同じで大事な友人を亡くされたのですね。どうしても先生に僕の気持ちを聞いていただきたいと思った僕の目はやっぱり正しかったのだと思って、少しだけ自信を持ちました。

先生。

与次郎は僕と違ってけっこう苦労人なのです。僕のうちは両親揃ってて、妹がいて、ごく普通の四人家族ですけれど、与次郎は早くにお父さんが亡くなって母一人子一人なんです。お母さん、ずっと保険の外交員をやりながらあいつを育てました。そんな家庭だから、お母さんの気持ちを考えて、入院中も努めて明るくしていたのだろうと思います。苦しかったはずです。自分が苦しいのに、自分より人の気持ちを考えるんですから。心の中では「俺の人生、いったい何なんだ」って叫び出したかったろうに。

でも先生、そんな与次郎に、僕は何もしてやれませんでした。何の力にもなれませんでした。それどころか、先生、僕は、僕は……、僕は恥ずかしい。僕は友達甲斐《がい》のないヤツです。先生は心友という言葉をお使いになりましたが、僕などは心友の風上にも置けないヤツです。

でも、与次郎は何かを呪いながら死んだのではない、恐怖だけに震えながら死んだのではない、しっかり意味のある人生を送ったんだっていう先生の言葉をいただいて、少し安心しました。前より心が軽くなった気がします。与次郎が絶望の果てに死んだのではないのなら、僕もちょっとは明るくなれます。

あの先生、もう一つ聞いていいでしょうか。先生は与次郎の人生に意味はある、それはあいつの「過去」が確かに「ある」からだとおっしゃいました。その過去を、与次郎は死ぬ間際、どんなふうに思い、どんなふうにふり返ったのでしょうか。

そして、もう一つ、「過去」が「ある」ってことは、「未来」は「ない」ってことでしょうか。

未来がないってなると、やっぱりあんまり素敵なことではない気がして、いまひとつよろこぶ気になれないのですが、僕は理解できていないのでしょうか。たて続けにいろいろなことをうかがって、本当にすみません。

西山直広

＊

わたしはふうっと息を吐き出し、マグカップに手を伸ばした。冷めたブラックコーヒーを一口、喉に流し込み、キーボードを叩きはじめた。

＊

直広君。

風邪をひいたようだけれども、もういいのかな。君の便りを読んで、久しぶりにわたしも深くものを考えた気がします。

さて、君が訊《たず》ねてきたこと、まさにこの間返事をしたあといささか説明不足だったかなと気にしていたことです。打ち返してくれてよかった。

君が問うているのは、「過去」が確かに「ある」ということと、「いま」生きていることと、「未来」との関係でしょう。疑問に感じて当然です。それは、「青春」と「死」という一見まったくなじまないように感じられる正反対のもの――ちょっと気どった言い方をすると「背反性」というのですが――とも深く関係しています。これらに関して、わたしの思うところを少し述べましょう。

青春がなぜ輝かしく映るかといえば、それが未来につながっているからです。

砂時計というものがありますね。あれをちょっと思い描いてみてくれますか。砂時計の上半分にはこれからやってくる未来の砂があり、下半分にはすでに終わった過去の砂がたまっています。未来の砂は上半分と下半分をつなぐ細いくびれの部分を通って下に落ち、過去となります。青春が輝いて見えるのは、過去の砂はわずかなのに、未来の砂はたっぷりとあるからです。未来というものはこれからいかようにもなりそうですから、未来の砂がたくさんあるということは、「無限」とまではいえないにしても、多くの「可能性」に満ちているわけです。だから青春は輝いているのです。

でも未来はまだ現実になっていません。その意味で、未来は何もない。「ナッシング(nothing)」なのです。これに対して過去は、すでに現実になっています。抽象的な言い方ですが、過去こそ、本来の現実として「ある」のです。

いうまでもありませんが、死は未来を断ち切ってしまいます。砂時計でいえば、上半分の砂がぜんぶなくなって、下半分の砂だけがある状態です。つまり、これが「過去」が「ある」ということです。

過ぎ去るもののはかなさを、わたしたちはしばしば「去るものは日々に疎し」などと表現します。しかし、去るものはただ消えていくだけでしょうか。そんなことはないでしょう。なぜなら、「死」というものは、ただ「未来」の砂が「過去」に移っただけの現象ではないからです。

砂時計でいえば、未来は必ず「現在」というくびれの前にいったんせき止められ、そこで押しあいへしあいしてピンポイントを通過し、初めて過去になります。この「現在」というくびれこそ、未来の「無」と過去の「存在」とをつなぐ境界面であり、それは一瞬一瞬、一回限りの「いま」として、わたしたちに未来の可能性を現実のものにする機会を与えてくれるのです。

与次郎君やわたしの心友でいえば、彼らは逃れられない運命として迫ってくるものに、苦しみながら向きあい、「いま」というその一瞬、一瞬に、彼らにしかできない応答をしました。だからこそ、「未来」の「無」は、確実に「存在」する「過去」になったのです。誰も消し去ることのできない、価値ある「過去」になったのです。

与次郎君もわたしの心友も、苦しみを感じるたびに、その都度、心の中で格闘し、決断し、迫りくる運命に必死に対抗しようとしたと思います。そう考えると、砂時計があのようにくびれているのは、「現在」という境界面での人の決断の苦悩を表しているのかもしれません。

そしてまた、自信を持って断言はできませんが、そのようにして実現された「過去」は、もしかしたら「永遠」というものに通じているのかもしれません。あるいは永遠そのものなのかもしれません。

といっても、君にはピンときませんか。わたしにも「これが永遠だ」ということがはっきりとわかっているわけではありません。それでも永遠という言葉でしか表現できないものがこの世に存在することだけは確かです。そしてそれは、ただそこに存在するのではない。永遠は、おそらく現在を生きるわたしたち一人ひとりの、その時々の決断によってもたらされるのです。

与次郎君は死にぎわに「過去」をどのようにふり返ったのだろうか、と君は聞きましたね。ちょうどわたしは今朝、滑落して谷底に落ちながら、自分の全人生を早送りのフィルムを見るように回想していたという登山家の話を思い出したのです。与次郎君もそうだったかもしれません。親友である君のこと、君と作った思い出の一つひとつ、君と交わした会話の一つひとつを、フィルムのコマを早送りするように見直したかもしれませんね。

永遠があるのかないのかわからないとすれば、わたしはあると考えたほうが、やはり愛すべき故人たちにふさわしいと思います。そして、そう考えたほうが青春と死の背反性にも少しは耐えやすくなると思うのですが、どうでしょうか。

君のつらさが少しでも早く癒えることを願っています。

姜尚中

三　萌子

卯《う》の年は世の中が乱れるのか、新年早々、荒れ模様の天気が続き、ドカ雪や猛吹雪が各地を襲っている。なのに、どういうわけか、東京はぽかぽか陽気でのんびりと昼寝をしている感じだ。そんな都心のホテルの一角にある四阿《あずまや》で、わたしは「新春外国人句会」なるものに臨んでいた。大手出版社の雑誌による恒例の句会に招待されたのだ。

——外国人か……。

そうだな、書類上はわたしはたしかに外国人だ。しかし、日本で生まれ、日本で育ち、日本語を母語とし、そんな人間を外国人というのかな。まあ、どちらにしても、わたしがわたしであることには変わりはない。

ひげ剃《そ》りの刃で唇の上をちょっと傷つけてしまったときのような違和感がかすめたが、わたしは句会のオファーを引き受けることにした。還暦を過ぎ、なにごとも「かのように」楽しみたいと思ったからだ。

季題は「蒲団《ふとん》」。中国、イタリア、フランス、アメリカと、国もまちまちなら職業も経歴もまちまちな外国人が、季題にふさわしい句を詠み、作者名を伏せたままシャッフルして回し読みし、それぞれに点数をつけてタネあかしをするという趣向で、座は盛り上がった。新人のわたしは、不思議にまっさらな気分で、

「蒲団上げ世界を描くわが粗相」

「癌《がん》に逝く友の抜け殻敷き蒲団」

の二句を詠んだ。

苦心惨憺《さんたん》の末にひねり出したのではない。池の底に眠っていたものが水面に浮かび上がるように、おもむろに心の表に訪れたのだ。蒲団をめぐるネガとポジのごとき二つの情景が。

なぜ——？

理由はよくわからなかった。談笑の座を辞して四阿を出てからもそのことが気になったまま、わたしは四ツ谷《よつや》駅から線路の土手を市ケ谷《いちがや》方面に向けて黙然と歩いた。

蒲団の「世界地図《ざお》」を恨めしそうに眺めながら、まるでわたしの失策の証拠であるかのように物干し竿に干していた母。でもその顔は不思議に明るく、お茶目な感じだった。そして、痩せ衰えた心友の亡骸《なきがら》を包んでいた入れ綿のなくなったような蒲団。亡くなった母と、心友と。……いやもっと他にも。この世で心の〝もやい〟となった人の死は、時が経っても忘れられないものらしい。

まだ正月気分が抜けないのか、道行く人びともどこかのんびりしている。春の訪れを予感させる陽気に背中のあたりが汗ばんできた。ふと気づけば神保町《じんぼうちょう》の交差点を過ぎ、駿河台《するがだい》の坂をのぼり、御茶ノ水《おちゃのみず》駅を抜け、はや本郷にたどりついていた。

赤門をくぐると、自然に三四郎池に足が向いた。池の端にたたずんで空を見上げると、太陽は泡のような薄雲の中に身を隠そうとしていた。二筋、三筋の光が、木立を映す池の底に洩《も》れ入っている。水面に魚の亡骸のような朽ち葉が浮いている。

――おめでたい正月にそぐわないあんな句を詠むなんて。「去るものは日々に疎し」というのはウソだな、やっぱり、そうじゃない。去ったものは永遠になるのだ。永遠になるからこそ心を占めつづけるのだ。時が経つほど大きく、もてあますほど育ってしまうのだ。愛するものであればあるほどそうなるのだ。

そう思うと、にわかに青年のことが思い出された。あの彼もこの先ずっと、それこそ永遠に、友の死を抱いて生きるに違いない。おそらく日々強く、年を追うごとに大きくなるそれとともに。

それにしても、なぜわたしはあの青年にこれほど肩入れするのだろう。その理由を考えると、すりガラスを透かした向こう側にうっすらと誰かのかたちを誰何《すいか》する心持ちがした。

――いや、いけない。

こみ上げてくる痛みを下へ押し戻すようにして、わたしは池を見渡し、気を散らした。見上げると、十階にわたしの研究室の窓が見える。黒い穴の向こうを思いやったら、またメールが届いているのではないか——という気がした。わたしは薄暗い十号館の扉をくぐり、自分の〝城〟に向かった。部屋に近づくほど急ぎ足になっていた。

年明けからたまっているダイレクトメール、年賀メール、若干の原稿催促のメール。その中に、やっぱり青年からのものが交じっていた。一月三日の夜と、日付け変わって四日の深更のと、たてつづけに二通。

*

姜先生。

明けましておめでとうございます。

でも、僕の気分は何がおめでたいのか、さっぱりわからない感じです。正月は地味に自宅で過ごしました。家族は年末から旅行に出かけていて、僕一人です。世の中が明るいと、むしろふさいでくる感じです。旅行なんて僕はとても気分じゃなく、みんなで行ってきてよって残りました。

正直、暗いです。

年末、先生から励ましをいただいて少し気を取り直したのですが、いろいろ考えはじめたら、またおかしなほうに気持ちを持っていかれてしまいました。

先生、じつは黙っていたことがあるのです。とてもだいじなことです。もしかすると、いちばんだいじなことかもしれません。それは、ある女の子のことです。与次郎と、僕と、彼女と、三人のことです。先生にくだらない恋愛相談なんかしてはいけないと思って控えていたのですが、先生はそういうことも聞いてくださるかもしれないと信じて、お話しすることにします。ご迷惑だったら、ほんとにすみません。

彼女の名前は萌子《もえこ》といいます。

僕たちが通ってるS学院大学の同級生です。

僕らの大学って、マイナーですけど受験エリートや点取り虫がいないからのびのびしていて、僕や与次郎にとっては居心地いいんです。

でも、萌子は僕らと違ってなんでこんな子がここにいるのというくらい優秀で、なぜかというと、彼女、帰国子女なのです。

お父さんはドイツ文学者で、いまも向こうにいるのだそうです。僕は知りませんが、日本文学との比較研究が専門だそうで、あちらでは有名なんですって。萌子は子供のときから半分くらい向こうで育ち、僕らの大学には二年から編入してきました。なんでも、お父さんとうちの学長が親友だとか親戚だとか。そんな事情なので、日本のモノサシでいうところの「いい大学」とか「悪い大学」とかいうことは、彼女には関係なかったのかもしれません。

英語もドイツ語もペラペラだし、しかも美人です。だから、すごく目立ちます。僕も与次郎も一目でヤラれてしまいました。

外国暮らしが長かったせいだと思うのですが、日本人離れしています。クォーターくらいの雰囲気があります。

目がぱっちりしていて、日本の子はあまりやらないおでこも眉毛《まゆげ》もぜんぶ出てるベリーショートで、顔が小さくて、背が高くて、手足が長くて、でも出るところは出てて、白いTシャツとユーズドのジーンズとバレエシューズくらいでさまになっちゃう、モデルみたいな子なんです。いつか与次郎に教えてもらって「勝手にしやがれ」ってフランス映画を見たのですが、そのヒロインの人に似ていました。お父さんもお母さんも日本人なのに、不思議です。人の容姿って後天的に変わるものなんでしょうか。

見た目だけでなく、性格も日本人離れしています。意思表示がハッキリしてて、思ったことは何でもズバッと言います。僕も与次郎も「与次郎君」「直広君」「○○なさい」「君たち、君たち」ってまるで家来扱いです。

彼女がここに来たとき、情報ツウの与次郎がいち早く見つけてきたのですけど、「おい直、すっごいキレイな子来たぞ。真性女王様キャラだ。なんせ語彙《ごい》からして違う。さしずめお蝶《ちょう》夫人だ」って八重歯出して興奮してました。与次郎、古いマンガのおたくなのです。たしかに女の子が「君たち」「○○なさい」って……、死語だと思うんですけど、萌子が使うとあまり不自然でもなく、むしろそういうふうに上から目線で言われることがうれしいような、こっちから進んで従いたくなっちゃうような、そんな子なんです。

萌子本人も言ってますが、ちょっと宇宙人です。「浮いてる」ともいいます。だから、とくに同性の中には悪口を言う子もいるようです。でも、それがわかってても「私は私よ」って堂々としてる。それに、「いい」と思ったことは「いい」とはっきり言います。カッコいいんです。

で、彼女、四月に編入してくるや「演劇部」を始めて、演出家兼脚本家、そして主演女優も一手に引き受け、そうですね……やっぱり女王様かな?……うん、女王様っていう形容がいちばんぴったりかもしれません。

僕は与次郎に「入ろう入ろう」って誘われて入部したんですけれど、正直、最初は抵抗しました。だって僕、文学なんかほとんど。演劇なんかまったく。得意なのは水泳、友達は海と太陽、天職はライフ・セービングという人間ですから、「エー、与次、そんなものに巻き込まないでよ」と言ったのですが、けっきょく降参しました。

与次郎はいいんです。ふざけてるようだけど文学くわしいし、歌もうまいしモノマネもうまい。芸達者ですから。でも僕はダメです。ほんとのダイコンです。萌子と一緒にいたいから部員やってるだけです。って、いや——、そうでもないでしょうか。この間に萌子作の芝居を二つ上演したんですけど、やってみると芝居って案外面白いのですね。ただし、まじヘタクソです。

で、そんなことで演劇活動を始めて、僕も与次郎も萌子のこと、大好きになったのです。

といっても、ハッキリ告白したわけじゃないし、深刻なものを表に出したわけでもありません。与次郎は持ち前のひょうきんを看板にして、「なんでも命令してください女王様」とか、「わかりました、萌子先生」とか、マメに立ちまわって萌子を笑い転げさせていました。

一方の僕は与次郎みたいに器用ではありませんから作戦レスで、ときどきボーッと萌子を見て、「何見てるのよ」ってやり返されたり、「しゃきっとなさい」って叱られたりするんですけど、そしたら与次郎が「直は萌子様があんまりお美しいので見とれてたそうです」って茶々入れて、けっきょく〝笑いネタ〟にされることで気まずい空気がうまく回避されていた気がします。

その反面、僕っていろんなことを言いやすい相手なのか、萌子、最初のころから何かあると「直君、直君」って僕に言ってくるところがありました。おそらく、僕は萌子が何を言ってもぜったいに反論したり説教したりしないからでしょう。

夜遅くなったときも、他のやつにはぜったい送らせないのに、直君、送ってちょうだいと頼まれて、萌子のマンションまで送っていったこともあります。と言うと、直広いなってうらやましがられるのですが、そうでもありません。ドアまで送る以上に発展したことはないですし、きっと僕は「安パイ」なのだと思います。

それに比べたら、与次郎はこうと思った相手にはずっと積極的にあたっていきますから、もう少し時間があったら萌子にも猛攻を始めたかもしれません。それが実現されなかったのは病気のせいです。病気にならなかったらどうなっていたか――。

先生、女の子って難しいです。

意味深です。

人の気を引くこと自体によろこびを見出《みいだ》してるみたいな気がします。僕と与次郎もどれだけやられたか。与次郎がよそを向いていたら、僕と仲よくして与次郎の注意を引き、僕が他に気を取られてたら、与次郎君、与次郎君ってわざと与次に接近し。そういうふうに見えただけかもしれませんが、ずいぶんふりまわされた感じです。

でも、どのみち僕ら二人とも、望みはなかったのです。

というのも、萌子にはドイツに年来の恋人みたいな人がいるらしいからです。

萌子になんべんかそれらしいことを言われました。「直君、やっぱり私ドイツに戻るべきかな」とか。また、まわりの女の子が「萌子、どうして彼氏作んないの」って聞いたら、「私宇宙人だから、この国の人あわないの」って言ってみたり、「この国の人には、ほんとの私はわかってもらえないの」とか言ってみたり。

だから、僕、与次郎にも教えたんです。「与次、萌子はドイツに彼氏いるみたいだから、日本の男には望みないよ」って。そしたら与次郎、「ふーん、そうかな」と不満そうでした。でも、それが効いたのだと思います。与次郎の性格だったら、好きな子がいたら、ぜったいすごくうまい作戦を練って近づいていったはずなのに、やらなかったんですもの。

でも、よく考えてみたらそれもまた、僕たち二人の間に萌子という一人の女性を挟んでへんなことになるまいとする心理が働いていたのかもしれません。だって、与次郎と好きな子の取りあいをするなんて、考えただけでゾッとします。その気持ちは与次郎も同じだったのじゃないでしょうか。けっきょく僕たち二人、互いに抜け駆けしないで萌子のまわりをぐるぐる回って、〝爆弾〟に触ることを避けてたのかもしれません。

僕が与次郎の口からはっきり「萌子が好きだ」という言葉を聞いたのは、いよいよ病気が悪くなってからでした。

気まぐれな女王様の萌子は、最初のころ二度くらい見舞いにきたきりでした。僕が「与次郎あんまりよくないんだ。萌子、お願い、行ってやって」と頼んだら、きっと行ってくれたと思います。でも僕、あえて言わなかったんです。むしろみんなに「与次郎、元気そうだよ。若いから回復早いよね。もうじき退院できると思う」とか言っていたのです。それが悪かったのかもしれません。でも、じっさい僕はそう思いたかったし、みんなにもそう思っててほしかったんです。すぐに戻ってくるって楽天的に構えててほしかったんです。涙ぐんだり、気の毒そうな態度したりして、かえって与次郎にへんな気をまわさせてほしくなかったんです。

あ、いや……そうじゃなくて、そうじゃなくて……、なんだか自分でも何が言いたかったのだか、わからなくなってきました。

新年早々、くだらない告白などして申し訳ありませんでした。ちょっと気持ちを整理します。ほんとにすみません。

西山直広

＊

青年のメールはそこで切れていた。

それは、彼にとっては真剣な告白であるに違いなかったけれども、わたしの目にはいかにもういうしいものに映った。
わたしは思わず、
「若いっていいな」
と、月並みというにはあまりにも月並みな独り言をつぶやき、そのことに気づいて、
またちょっと苦笑した。
続いて二通目のメールを開いた。

四　キャラ

姜先生。

ご迷惑とは思いますが、また書きます。すみません。お忙しかったら、どうぞ後回しにしてください。お仕事優先してくださいね。できればお返事がいただきたいですが、いつでもよいですから。
先ほどは萌子のことで興奮して、とりとめもなく恋愛バナシばかりいっぱい書いてし

まいましたが、ちょっと落ち着いて、今日僕が先生にうかがいたかったことを思い出してみました。そしたらもう一つ、だいじなことがありました。ばかですね。書いているうちに、自分が言おうとしてたことがわからなくなっちゃうのですから。

それは、「自分って何？」ってことです。与次郎のことでも、萌子とのことでも、演劇をやっていても、あるいはライフ・セービングをやっていても、最近、何かっていうと「自分って何？」という思いがつきまとうんです。

先生、「自分」って、けっきょく何のことですか。

「個性」のことですか。

「自己主張」のことですか。

「キャラ」のことですか。

もしそうだとしたら、僕は自分ってものがまったくハッキリしていない人間だと思います。個性が際立ってるという意味では、与次郎のほうがよほど際立ってます。萌子はもっと際立ってます。二人にくらべれば、僕なんてこれといった特徴もない、取り柄もない、女の子にもモテない、ただオクテな男です。自分の意見もうまく言えないし、そもそも自分の意見なんて相手次第じゃないかと思っちゃう人間です。

だから、いつも聞き役です。萌子にいつも「はっきりしなさい」って怒られるのも、そのせいでしょう。

でも、だからといってこんな僕にも意思がないわけじゃないし、好みもちゃんとあります。萌子が好きだという気持ちもあり、与次郎への思いもあります。家族もだいじです。ライフ・セービングへの情熱もあります。将来の希望みたいなものもあります。ときには理由不明の激情みたいなものがこみ上げてきて、ワーッと叫び出したいようなときもあります。

そうだ、「アイデンティティ」という言葉があるみたいですね。萌子が口にしていました。自分って、アイデンティティのことですか。

僕はまた変な質問をしているでしょうか。でも、最近なにをやっていてもその疑問につながってしまって、また人生においてはそれがもっとも重要なことで、「自分ってなに?」に対する答えが見つかっていなければ、なにごともやる意味がないような気すらしてしまうのです。そして、またその答えが見つからないから、気持ちが悪いのです。

これ、僕だけじゃなくてまわりのみんなもよく考えるようで、そのせいでしょう、「俺って」「私って」ってしょっちゅう議論になります。でも、そんなとき、みんなは僕よりもちゃんとした答えを持っているのです。だから、いいなあと思って。僕は考えがないので、黙っているしかありません。自信がないのです。あ、自分って「自信」のことですか。

昨日もその話題になりました。

演劇部の今年初めてのミーティングがあって、部員全員が顔を揃えたのです。昨年末に与次郎が死んでから初めての、与次郎のいない部会でした。「柱が一本抜けたみたいだね」ってしんみりしてたら、今年の春、与次郎主役でやろうという案が出てた芝居の話になって……。それ、ゲーテの『親和力』という小説なのです。先生はドイツに昔留学されて、向こうの文学にもお詳しいと聞いてます。たぶん、ご存じですよね。萌子の選ぶテーマってこういう小難しいのばかりで、去年、あいつが「次、ゲーテの『親和力』やりまーす」って言い出したときも、みんなブーブー言ったんです。「なんだそれ」「ワケわかんない」って。でも萌子はお父さんがドイツ文学者ですからお手のものなのでしょう。逆に「君たちにはどうしてこの小説の面白さがわからないの」って切り返してきました。「面白さがわからない」もなにも、全員知らないんですから二の句が継げなくなって、けっきょく「ま、いっか」になりました。そしたら萌子、さっそく「この主人公は与次郎君がはまり役だと思うので、与次郎君お願いします」って。で、その『親和力』のポイントを理解するために、去年の夏、秋ごろ、みんなで読みたくもない原作を読んで何度かディスカッションしたのですけど、そのとき「自分って何？」話がさんざん出たのです。だから、昨日も与次郎の思い出話をしながら、そういえば、去年、与次と「自分話」さんざんしたっけねー、ねーって……。

＊

それ、八月にしてはわりと涼しい夕方でした。キャンパスの東の隅に大きな木があって、その下の芝生に寝転がって、みんなで思い思いに小説について意見を出しあったのです。萌子と僕と与次郎と、ほかに、同級生のメインの部員である倫子《りんこ》と功《いさお》っていう二人がいました。

なんだか話があっちこっちへ行っちゃいますけど、いつもつるんでる仲間なので、先にちょっと紹介しますね。

倫子は萌子とは真逆で、真面目な感じの女の子です。いまどきカラーもしてない真っ黒な長い髪で、スッと一本線を引いたような切れ長な目をしてます。よく見ると美人なのですが、白のブラウスに黒のスカートかパンツしかはかない地味な子なので、美人ってことにあんまり気づかれません。

東北のXという海沿いの市の出身で、お父さんは中学校の校長先生だそうです。学校の先生の子って聞いてなるほどと思いました。いかにもそんな感じです。すごく無口なんだけれど、ズバッと一言で言い当てるようなところがあって、ちょっと恐いです。で、芝居がうまいです。ある意味、目立ちすぎの萌子よりかなりうまいです。普段しゃべらないのに、役を与えられるとのりうつってなりきれちゃうタイプです。

そんな倫子と女王様の萌子がいつも連れ立っているのは少し不思議ですけれど、先生、女の子って自分と違うタイプの子のほうが嫉妬しなくていいみたいですね。これも与次郎から教えてもらいました。

「バカじゃね、直、女ってのは自分とキャラがかぶんないのが楽なんだ」って。僕たち男は相手との共通点にシンパシー持って友達になりますけど、女の子は見た目も趣味も考えていることもかぶんなくて、それでいて全体的なレベルはほぼ同じというのがいいんですって。

それから、功です。

功は大人びてるというか中年ぽいというか世の中を小馬鹿にしているようなところがあって、いつも「俺は本来こんな大学にいる人間じゃないんだ」って顔をしてます。見た目が離れてててヒラメっぽくて、いつも少し汗ばんでいる感じで、見た目はあんまりいけてません。港区の高級住宅街の生まれ育ちで、高校までは都内有数の進学校でT大を目指してたのですが、キモいっていじめを受けるようになってドロップアウトして、フリースクールからここへ来たらしいです。

最初はイヤミなやつかなと思いましたが、つきあってみたらそうでもありません。味があるし、面白いこと言うんですよ。で、彼も芝居うまいです。「はみ出し者」とか「疲れた中年」とかやらせたらハマります。それと、顔は悪いけど声がいいです。じつはこの二人のおかげで僕らの演劇部、なりたっているのかもしれません。

ちなみに、功と倫子は最近いい感じです。二人は〝濃い〟感じのペアです。

アレ、なんだっけ、また話がそれてます。

あ、そうでした。「自分って何?」話でした。夏、木の下の芝生の上で。

萌子は言い出しっぺですから得意の絶頂で、とうとう登場人物の「自分」について解説してました。そういうときの萌子って、もともと美人の上に知性が加わって、けっこう迫力があるのです。オーラが出てる感じです。そして、与次郎がまた萌子に劣らずノリノリでした。与次郎、萌子から主役を指名されたのでやる気満々で、本もすごくよく読んで、萌子といっぱしの議論ができるくらいになっていました。ちゃんとした話し相手ができて、萌子もうれしかったのじゃないでしょうか。

そのうちに萌子、『親和力』の登場人物のうち、みんなは自分は誰のキャラだと思う?と言い出しました。

与次郎は自分が演じることになってる主人公のエードゥアルトって言いました。情熱的で、積極的で、恋に奔放な貴族です。そしたら萌子、「そうね、与次郎君はエードゥアルトっぽいわね」って。そして自分も『親和力』の中ではエードゥアルトが好みだと言いました。すると、与次郎は自分はヒロインのオッティーリエが最高だって返しました。オッティーリエは、エードゥアルトの熱愛を受けて最後死んでしまう薄倖《はっこう》の美少女で、萌子が演じる予定でした。主役の二人が互いに「いい」「いい」と言いあっているので、僕はちょっとイヤな気がしました。

倫子はエードゥアルトの妻のシャルロッテをあげました。冷静で、賢くて、好きな人がいても理性でコントロールするような女性です。そしたら萌子、「うんうん、倫子っぽいわね」って納得してました。

で、倫子がシャルロッテなら、という発想からだったと思うのですが、萌子、功はシャルロッテが愛している「大尉」のキャラだって言いました。でも、大尉という人はいまいち特徴がない脇役なので、功は気に入らなかったみたいで、「エ、俺大尉か？　俺違うよ、なんでだよ」って反論しました。そしたら、萌子、「そうね、功君は大尉をもっとおじさんにした感じ」ってダメ押し。そしたら功、なお機嫌悪くなって、ケッて。

「キャラキャラって、おまえら何だよ、そんなにキャラに萌えなくたっていいじゃないか、自分は自分だよ。自分は自分でいいじゃないか。自分がいいと思ってるキャラが自分だよ」とか言い出して……。まあ、それ、おじさんキャラでぜんぜん萌えてもらえない功のジェラシーともいうのですが。そしたら与次郎が、「へえ、じゃ、功にとっての自分って何なんだよ」と言い返したりして、いつの間にか、僕を置き去りにして四人がえんえん議論に夢中になってしまいました。僕は何も言うことがないので、終始だんまりです。

でも、そんな彼らも最後にはネタが尽きて、言葉が出なくなって、沈黙が流れ……。そうなったとき、落としどころが欲しかったんでしょうか。おもむろに、みんなの注目が僕に向きました。

気まずい空気を破るみたいに、萌子が「ところで」って言い出したのです。

「直君、黙ってるけど、君はどうなの？　君は自分のことどう思うの」

四人の視線が僕に集中し、よってたかってとっちめられている感じになりました。

でも、そう言われても僕には意見がないんです。「まただよ」ってイヤな気がしました。僕は答えられないのです。僕……ってなに？

しかたなく言いました。

「どうって言われても……。わかんないよ。僕、自分に自信ないからさ」

そしたら、萌子が言ったのです。

「直君は直君でしょ」

って。

それ、どういう意味ですか。僕という人間を肯定してくれたんですか。それとも、僕という人間にもちゃんとした個性があるってことですか。そうじゃなくて、ほんとに直広君はしょうがないわねって意味ですか。

そして、萌子さらにナゾみたいなことを言いました。

「直君はオッティーリエキャラだわね」

僕はまたどんな意味かぜんぜんわからないので、返す言葉もなく、唯一言えることとして、

「え……。オッティーリエって、女の人じゃない」

ってつぶやいたんです。そしたら、バカうけになりました。功「今日いちばんワロタ」、倫子「犠牲者キャラ」って。

そしたら、与次郎がフォローしてくれるみたいに、「ま、直広は直広だよ」って。僕は僕？　どういうことでしょうか。

先生、「自分」とか「私」とか、何なのでしょうか。どう考えたらいいんですか。それとも、そんなこと考えるのは意味のないことですか。

与次郎にとって僕って何だったのか。萌子にとって、僕ってどんな存在なのか。そして、僕自身は僕のことをどう考えたらいいのか。

またしても長たらしいメールになってしまいました。どうぞお許しください。

訳のわからないことを言っているかもしれませんが、もし答えていただけたらうれしいです。

西山直広

目を閉じると、照れたような青年の顔が浮かんだ。すみませんがよろしくお願いします と頬を赤らめているようだった。

無性にいとおしい気がした。

*

五　三人

直広君。

メール読みました。お正月のうちにいろいろ考えたのですね。君と与次郎君と萌子さんの微妙な三角関係のこと。演劇部の仲間のこと。自分って何？という疑問。そしてゲーテの『親和力』のこと。君はくだらないことをわたしに相談しているのではないかと遠慮していたけれども、どれも君が疑問を感じて当然のことばかりだよ。

まず、君と与次郎君と萌子さんのこと。

よくあることではあるけれども、友情と恋愛の板挟みというのは難しいものですね。君が言うとおり、萌子さんはなかなか魅力的な女の子と見受けました。しかもかなりのインテリだね。『親和力』はわたしも興味あるテクストだけれど、ゲーテの作品の中でもあまりメジャーでないあれに目をつけるとは。彼女はよほど人間関係というものに興味を持っている人なのだろうと思いました。君と与次郎君がひかれるのもわかる気がしますよ。

それから、君が答えを出しかねているのは「自分って何？」ってことでしたね。これもとても難しい問題だ。わたしも、確たる回答を見出したとは、いまだに思えていません。

それにしても、君たちの演劇部の人間関係にも「親和力」が働いているのかもしれませんね。現実が物語の世界を真似《まね》ているのではと、錯覚しそうになりました。でも、君と与次郎君が萌子さんを挟んで意図せざる関係に陥ったように、人間の間には説明しえない親和力が働くからこそ、「キャラ」とか「自分」というのは何なのか、問いたくなるのではないでしょうか。ですから、君の言う「恋の悩み」と「自分って何？」問題はつながっているのです。君たち演劇部のメンバーがあれこれおしゃべりをしている光景が浮かんできて、君の日常の雰囲気がよくわかりました。ちょっと楽しかった。

では「自分って何?」をめぐって、また少しわたし自身の話をしましょうか。

わたしもあるときから、そのことを強く意識するようになったことを憶《おぼ》えています。高校の二年生くらいだったでしょうか。ある日、いつものように鏡の中の自分を見つめているうちに、とても気分が悪くなり、顔が歪《ゆが》んで見えるようになり、そしてみるみるうちに、自分が醜く思えてきたのです。

「なんでこんな顔なんだ。どうしてこんなに意味もなく額が広く、頬骨が突き出、角張っているんだ。眉も、目もつり上がっているし、少しもやさしそうに見えない。それに唇も、だらしなく弛《ゆる》んで、ちっともしまりがないじゃないか。なんでこんな顔に生まれたんだ」

こんなことをぶつぶつつぶやきながら、鏡を覗き込み、鼻のつけ根に向かって眉や目や唇をくしゃくしゃと集めて、あらためて醜いことを確認する始末でした。そのころのわたしは病的なほどに自分というものにこだわり、自分のことを嘗《な》め回したり、しゃぶったり、噛《か》んだりしたい気持ちだったのです。

そうしたかったのは不安だったからです。自分という存在を支えることができないほど不安だったのです。自分はいったい何者なのか、自分はどうしてこんな父や母から生まれたのか、なぜこんな醜い顔をしているのか、問いはとどまることを知らず、次から次へと生じてわたしを駆り立て、やがて顔に全神経を集中させることになったのです。

そういえば、痘痕《あばた》に悩み、自分の顔にコンプレックスを持っていたらしい漱石は、『吾輩《わがはい》は猫である』の中で猫に「鏡は己惚《うぬぼれ》の醸造器である如《ごと》く、同時に自慢の消毒器である」と語らせています。

鏡を見て自分の顔に愛想をつかす前は、わたしは鏡の前に立つことがむしろ愉快でした。指で頬をつまんで鼻の穴をブタの鼻よろしく引っ張ってみたり、あかんべえをしたり、滑稽な仕草や顔をけっこう楽しんでいたものです。

しかし、鏡はいつの間にかそんな自分を意気消沈させる消毒器となったのです。そのため、まるで心がしぼんでいくような自己嫌悪に陥りました。しかも、そうなればなるほど、寝ても覚めても自分のことがつきまとい、頭の中は自分のことで一杯で、こせついた言動しかとれなくなっていたのです。そのくせ、キョロキョロとあたりをうかがっては、自分という殻の中に逃げ込んでいました。

こんな悩みを思い出すと、いまでも頬が赤らむ気がします。それでも、わたしがあえて触れたくもない話を君にさらけ出すのは、君の真面目な問いかけに、わたしも真面目に答えたいと思うからです。

たしかにわたしの悩みはいまから思えばつまらないものでした。でも、だからといって、自分が何者であるのかという自分への問いかけそのものも取るに足らないものだとは思いません。なぜなら、自分が何であるのかという問いの答えは、あらかじめ定められて確固と存在しているわけではないからです。

君はいま学生で、ライフ・セービングに夢中で、演劇にも興味を持ち、萌子さんという華やかな女の子にひかれている。それだけで言えば世の中にあふれている他の若者と変わりはありません。ただ、彼らと違うのは突然親友を亡くし、生と死とがとても近いことに気づきはじめていることです。若くしてそのことに気づく機会はめったにありません。それは楽しいことではないけれども、君はある意味で人生の深淵《しんえん》のようなものを覗き見る貴重な経験をしているのですよ。君が自分って何だろうと考えはじめたのも、それをきっかけに人間というものの本源を覗き見たからです。

君がどんな「キャラ」で、「自分」のことをどう思うのかは、自分のどの部分を切り取るかによって変わってくるでしょう。

学生、息子、ライフ・セーバーのたまご、演劇のアマ、親友を亡くした悩める若者。あるいはもっと大雑把に日本人、日本の若者などといった部分にスポットを当てることもできるかもしれません。でも、それらをすべてかき集めてきても、「キャラ」とは何で、「自分」とは何なのか、という問いに答えたことにはならないはずです。なぜなら、そうした問いには、どんな人生が生きるに値するのかという問いを抜きにしては答えられないからです。そのためには何に価値があって何に価値がないのか、何をなすべきで何をしてはならないのか、また何を承認し何に反対するのかといった問いに対する答えを、自分で見つけ出さなければなりません。それはけっこう骨の折れることであり、ときには傷ついたり、幻滅したり、さらには絶望したりすることもあるかもしれません。

鏡の前でおののいていたわたしはそれが恐くて、そのような問いかけから逃れ、ひたすら誰からも傷つけられない自分だけの殻に立てこもろうとしていたのでしょう。わたしはわたしだけの避難場所に立てこもりながら、節穴から外の世界をそっと覗かずにはいられなかったのです。

でも、自分の殻に閉じこもったままで、自分のキャラや自分がわかるわけはありません。人は外の世界に身をさらし、それらとなんらかの関係をとり結ぶことによってでなければ、自分が誰であるのかわからないのです。

外の世界に身をさらせば傷つくこともあるかもしれません。それがいやでわたしは自分だけの世界に閉じこもろうとしたのです。

しかし、そうすればそうするほど、外の世界への羨望が募り、気になってしかたがなくなります。当時は、インターネットなどはありませんから、引きこもりながら外界とコンタクトすることはできませんでした。すなわち、まったくの籠城です。けっきょく、わたしは自分の殻の中で堂々めぐりを繰り返しながら、自分がどこにいるのか、自分とは何なのか、答えの出ない自問自答の繰り返しに終始していたのです。

自分以外の人間が誰もいない世界で、ただ一人宇宙をさまよっている情景を想像してみてください。身の毛もよだつような孤独感でいっぱいではありませんか。そうです。だから、引きこもりの果てに生との〝もやい〟を断ち切ってしまう人もいるのです。でも、わたしは引きこもりながらもかろうじて生につなぎとめられました。なぜそうなったのかよくわかりませんが、たぶん自分では目に見えない命綱を、まわりの人びとがあちらこちらからやんわりと結んでいてくれたのでしょう。

ただ、そのような滑稽で、痛ましい青春の蹉跌《さてつ》がなかったら、わたしの人生はきっとパサパサした味気ないものになっていたに違いありません。ですから、あえて君に言いたいです。世界との関係を断ってはいけないけれども、また、自分の殻にこもってはいけないけれども、だからといって孤独を恐れてはいけない、と。キャラや自分が何であるかは、そうした孤独であることの中から初めて自分なりに発見されるものですから。

生へのもやいを断ち切ってはぜったいにダメです。しかし、孤独であればあるほど、その綱をたぐり寄せたくなる。そのことが大切なのです。君にはぜひともそうあってほしいと願っています。

姜尚中

＊

長いメールを送信したわたしは、一仕事終えたような気分になっていた。それは、青年がわたしへの相談ごとをほぼすべて吐きつくし、わたしのほうもアドバイスできることはしつくした気分になっていたからだ。一種満ち足りた気分でもあった。青年ではない、わたしの中のもう一人の青年へも、長く出しそびれていたメッセージを出せたつもりになっていた。

しかし、青年の告白には、まだもう少し続きがあったのである。

それは、翌日に届いた新年三通目のメールに乗ってやってきた。やや激したような、唐突な調子で、それは始まっていた。

＊

姜先生。

違うんです。僕は先生にそんなやさしい言葉をいただけるようなヤツではないのです。僕は卑怯《ひきょう》なんです。

先生、もう一つだけ、先生に言っていないことがあるんです。

じつは、僕は、先生が僕のいろんな質問にいちいちこんなに真剣に答えてくださるとは思っていませんでした。だから、恥ずかしくなりました。暇な一学生の僕と違って先生はすごくお忙しいのに、僕より誠意をもって語ってくださっていると思うと、僕は恥ずかしいです。

もしかすると僕は自分が救われたいために「いい子」になって、きれいごとを言って、先生のような方に「よしよし」って頭をなでて、安心させてもらいたかったのかもしれません。不安でたまらないから、自分の気持ちをごまかしたいから、先生に相談していたのかもしれません。卑怯なヤツです、僕は。

先生、勇気を出して言います。僕たぶん、与次郎を裏切っているのです。たぶんってへんな言い方ですけど、自分でもよくわからないのです。自分でもよくわからないうちに、与次郎を裏切ることになってしまっているかもしれないのです。いまの僕をいちばん責めているのは、その思いなんです。

先に僕、与次郎に「萌子はドイツに彼氏がいるから、望みはないよ」って言ったって言いました。あれは、もし与次郎が萌子に本気で告白したら、萌子はOKするんじゃないかという恐さがあって、そう言ったんです。たぶん、そうです。きっとそうだと思います。与次郎は行動的で、思ったことは即実行するやつなんですが、僕がそう言ったから最後の一線は踏みとどまったんです。与次郎、シチュエーションがすごく読めますから、もし萌子に正面から当たってふられたら、僕との関係だけでなく、演劇部の仲間全員の中に気まずい空気が流れるとか考えたんじゃないでしょうか。

　でも与次郎、病気になってしまいました。で、どんどん悪くなって、まじもう長く生きられないかもしれないってなった、そのとき、萌子への想《おも》いを自分の胸一つにとどめておけなくなったんです。

先生。僕、与次郎から萌子への想いを告げられたのです。そして、萌子への手紙を託されたのです。

　直広、俺の萌子への気持ちはおまえ知ってるだろう？　俺、手紙書いたんだ。でも俺、たぶん助からないから、萌子はこんなものをもらっても困るだけかな。おまえどう思う？　おまえが言ったようにドイツに彼氏がいるんだったら、やっぱり困るかな。渡さないほうがいいかな。直、俺は正直言ってわからない。だから、おまえに託す。おまえの判断でいいようにしてくれ。中味も読んでもらっていいよ。いやぜひ読んでくれ。で、もし渡さないほうがいいと思ったら、渡さないでいい。それか、渡して萌子の反応が微妙で俺にほんとのことを言うのがかわいそうだと思ったら、渡さなかったことにして、何も言わなくてもいいよ。おまえを信じてるから、萌子への想いをおまえに告白するんだ。悪いな、直広。萌子に告白する代わりにおまえに告白させてくれ。ごめんよ。でないと、俺の気持ち、持っていき場がないんだ――。

与次郎はそう言って、元気だったころと同じように目がなくなっちゃうくらい細くして、大きな八重歯を出してニコッて笑いました。

僕、いままで避けてきた爆弾にとうとう触れたなと思いました。

与次郎に対して僕がなんと答えたのか……、よく覚えてません。よく覚えていませんが、何言ってんだよ、やめろよ、不吉なこと言うなよ、もうじき退院じゃないか、そういうことは自分で言わなくちゃ、告白するためにも早く元気にならなくちゃ——という感じのことを言ったと思います。

「わかった、渡す」とは言えませんでした。でも、とにかく手紙は預かりました。とても恐かったです。正直、嫌でした。見たくもありませんでした。でも勇気を出して開封してみたら、こんなふうに書いてありました。

「萌子、俺はもう生きられないかもしれないから、君に俺の気持ちを言いたい。俺は君が好きだ。大好きだ。俺の想いを君が受けとめてくれるかどうかわからないけれど、俺が君に想いを寄せていたことだけは覚えておいてほしい。時間がたてば、君は俺のことなんか忘れてしまうかもしれない。時間は俺を記憶の穴の中にほうり込んでしまうだろう。でも、ときにはその穴に向かって俺の名前を呼んでくれないか。与次郎くーんって。萌子、俺は君が大好きだ」

与次郎らしい、明るい手紙でした。涙がぼとぼと、ぼとぼと垂れて、途中から文字が読めなくなりました。

で――、先生、僕はどうしたと思いますか。けっきょく萌子には渡さなかったんです。どうして――。

さっきも言ったように、与次郎はすぐによくなるんだから、死が近いことを認めるようなことはしたくないと思ったからです。それ、ほんとです。そして、もし渡して萌子が来てくれなかったら与次郎どんなに傷つくだろう、かえって悲しむだろうと思ったんです。それもあります。また、与次郎は心から萌子に告白したいと思っているのではなく、むしろ僕に本心を打ち明けたいのだと思ったのです。だから、ただ聞くのがいいと思った。それもあります。

だけど、それだけじゃないかもしれないのです。萌子と与次郎が結ばれるのがイヤだった。だから渡さなかった。これ、最低ですね。でも、そうでないとは、僕言い切れないのです。まったく最低です。

でも、そうでありながらこうも思うんです。与次郎、残酷じゃないかって。だって萌子への僕の気持ち知っているはずなのに、こんなものを託して……って。これ、僕を信頼しているからですか。それとも、僕の友情を試しているのですか。なんでこんなことになるんでしょう。先生、ほんと恋は残酷です。

渡さなくてもいいよ、おまえに任せると言いながら、与次郎、やっぱりぜったい萌子に来てほしかったと思います。でも僕、それに協力しませんでした。与次郎らしい輝きのある手紙を見せたら、萌子の気持ち、動いたかもしれません。だって、萌子はもともと与次郎のこと嫌いじゃないのですから。彼女、僕には「直君、直君」って気軽に腕組んだり話しかけたりしてきますけど、与次郎にはそれほど気安くありませんでした。それってむしろ意識している証拠ではないですか？　芝居の主役に抜擢《ばってき》したり、与次郎の演じるエードゥアルトのキャラが好みだと言ってみたり。

僕、『親和力』のことはよくわかりませんけど、そういう萌子自身もエードゥアルトキャラなんです。女ですけど、情熱的で、押しが強くて、意思表示がはっきりしてて、エードゥアルトっぽいのです。だから、二人似た者同士なんです。もともと気が合うはずなんです。そこに「もう長くないんだ」って同情の気持ちが加わったら、結ばれる可能性大ですよね。僕はそれが嫌だったんじゃないか。とにかく、二人が結ばれたら僕の居場所がなくなる、それ耐えられない、と思ったんじゃないかと思います。

いや……、そこまで思わなかったのか……。自分でもよくわかりません。

ひそかに与次郎と萌子の妨害をしたのか、それとも、死に臨んでいる与次郎に対して心から「安らかたれ」と願ったのか、自分でもよくわかりません。

与次郎が死んだのは、手紙を僕に託した二週間後でした。僕が迷っている間に、与次郎は逝ってしまったのです。

では、与次郎が死んで僕はどう思ったか。邪魔者がいなくなってうれしかったか？　そんなことはありません。そんなことあるはずがないんです。与次郎が死んで、僕は心に穴があいたみたいなんです。身体の半分をもがれたみたいなんです。与次郎、どうして僕を置いて死んだのって後を追っていきたいくらいなんです。

しかし、どこかで、萌子とのことを思うと、ホッとしていないと言い切ることもできないのです。もしかしたら、そうかもしれない。わからないんです。僕は卑怯者ですか。裏切り者ですか。

先生。僕、先に与次郎の死に顔が恐かったと言いましたね。それは、自分が与次郎に恨まれているのではないかという恐怖があったからだと思います。与次郎の死に顔、口が少しあいていて、ちょっと笑ってるみたいでした。その顔を見て、まわりの人はみんな「安らかなお顔だね」って言ってました。だから、楽天的に解釈すれば、与次郎は僕の選択をすべて肯定してありがとうと言ってたのかもしれません。しかし、恐ろしい想像をふくらませれば、直広、おまえの考えたこと、やったことは俺はすべてお見通しだよと思って笑っていたのかもしれないんです。それが僕を責めるのです。

先生、僕にとって与次郎は何だったんでしょうか。

与次郎にとって、僕は何だったんでしょうか。

「自分って何?」という問題を先日、先生にお訊ねしました。先生はたぶん、僕がただテツガク的な問いかけをしたのだと思っていらっしゃるかもしれません。でも、いまじっくり考えてみたら、僕はやさしい先生に、大丈夫だよ、与次郎君は君を肯定しているよ、萌子さんも君を認めているよって言っていただきたかっただけかも。そういうずるい考えが根底にあったのかもしれません。もう、何もわかりません。

萌子には、与次郎の手紙のことはいまだに言っていません。だってそれ、いまさらどの面《つら》下げてできるでしょうか。

先生、僕にはわからないことが多すぎます。僕だけがこの世から取り残されてるみたいです。

きっと僕は先生が返答に困るような告白をしていますね。申し訳ありません。でも、本当のことを言わずにいられませんでした。

最後にもう一つ言いますと、じつのところ僕は、先生がこんな僕のおしゃべりにいちいち答えてくださっていることに、どうしてだろうって、不思議に思っています。先生に面倒をかけながら、こんなことを言うのは気が引けるんですが――。

西山直広

青年自身が言ったように、彼はわたしが返答に困るような告白をしていた。これは意外と重いかも……とわたしはつぶやいた。

ひかれあうことと、反発しあうことと、関係ができることと。

愛と友情と裏切りと良心と。

そして、そんな集合体である自分というものと。

形而上学《けいじじょうがく》でもあり卑近でもあるまるごとの問いを青年は発していた。わたしは嘆息し、背もたれに深くもたれかかった。

＊

ふと窓を見やると、黒く四角いガラスの中に、スタンドに照らされたわたしの顔が映っていた。一瞬、それは還暦をすぎた白髪交じりのわたしではなく、四十年前の若いわたしであった。またたきすると、蒲団に横たわって目を瞑《つぶ》る心友の顔に変わり、またまたたきすると、西山青年のふっくらとした奥二重の面差《おもざ》しになった。やがてそれも溶け出して、彼でない、彼によく似たもう一人の青年になった。

疼くような、かすかにいとおしさのまざった痛みが起こり、わたしは思わず手のひらで胸をおさえた。

＊

翌朝、青年から短いメールがまた入っていた。

「昨日はヘンなこと言ってすみませんでした。ずっと考えてたら、なんだかおかしなところに入り込んでしまいました。恥ずかしいです」

とあった。

第二章

親和力

一　地霊

　このところ青年から三、四日に一度くらいのペースでメールが来ている。

気持ちが落ち着いてきたのか、とりとめのないおしゃべりのようなものが多い。大好きな海のこと、自分が飼っている犬のこと、妹が飼っているウサギのこと、大学一年のときに取ったライフ・セービングの免許のこと、ある教室に出る幽霊の噂《うわさ》のこと、功と倫子のおたくカップルのこと、萌子の髪型のこと、好きな花と音楽のこと。ささやかなやり取りの積み重ねによって、一度しか会っていないその素描に色と肉がついて、彼はわたしの中ですっかり生きた人間になっていた。

　いちばん最後のメールが来たのは……二日前だ。今日は何も言いたいことはないのかな、と思っていたら、「あります」とでも言いたげに、ぽん、と一通届いた。

「来た来た」

　わたしは思わずほほえんだ。

　開封する前に身を乗り出して、デスクの前の小窓を半開きにすると、かすかに気流が鳴り、冷気がひやりと顔を撫《な》でた。正月という名のついた一ヶ月が過ぎ去ろうとしていた。

わたしは腰を下ろし、すっかりなじみとなったその名前をクリックした。

*

姜先生へ。

先生、今日はちょっと大きな報告があります。

萌子や功たちと話しあって、与次郎をしのんだ芝居をやろうってことになったのです。何をやるかといいますと、与次郎が主人公を務めることになっていた『親和力』です。前にも少しお話ししましたよね。テーマだけ決まってそれっきりになっていたので、あれをちゃんと仕上げて、与次郎に捧《ささ》げられるような作品にしようということで一致したんです。

そこまではいいのですが、よりによって、与次郎の代わりに僕が主人公を演じることになってしまいました。僕、とんでもないと思って、功に「功、やってよ」とふったのですけど、功、「何言ってんだ。おまえ与次の親友じゃないか。与次の追悼公演なんだから、おまえがやれ」って拒《ことわ》られました。

萌子は大はりきりでさっそくとりかかって、あらがきのプランを部員みんなに送ってきました。

……困りました。

前も言いましたけれど、原作の『親和力』は二百年も昔の外国の話ですから、最初、なんでこんなものやるんだってみんな大反対しました。わかっていない僕ですら、このままやったらツッコミどころ満載の芝居になるだろうと思いました。

萌子もそのあたりのことをいろいろ考えたのでしょう。すごく大胆に翻案して、まったくの現代劇に移し替えてきました。僕、「おお萌子すごいな、こんな器用なことできるんだ」と感動しました。

でも、現代の話にしてもらったからって、意味がわかったわけじゃないんです。いったい何がテーマなのだか、何を言わんとしてるのだか、ぜんぜん飲みこめないのです。こんなことでは主役なんてぜったい無理です。もともと演技ヘタなのに、どうするの僕、と途方に暮れています。そこで、また先生にSOSしたいのです。まことにあつかましいのですが、助けていただけませんか。

ここに萌子の原案を添付しますので、お手すきのときでいいので、どうか見てください。そして、先生のお感じになったことを教えてほしいです。役作りに役立てたいと思います。まだ要点の羅列の箇条書きみたいなものですが、だいたいの感じはわかっていただけると思います。

与次郎のために頑張らなくてはいけないし、詰めの作業、さっそく始まるのです。今日の午後、みんなで一回目のディスカッションです。

勝手なことばかり言って、ほんとに申し訳ありません。お待ちしています。どうかよろしくお願いします。

西山直広

＊

与次郎君の追悼公演をやるのか、しかも、直広青年が主役で。それはいいな、とわたしは思った。しかし、『親和力』……、ちょっと手ごわいのではないかとも思った。

『親和力』は一八〇九年、ゲーテが六十歳のときに書かれた作品だ。

ゲーテの小説としては、有名な『ヴィルヘルム・マイスターの修業時代』の次に執筆されたが、伝えによると、ゲーテはそのころある女性と恋に落ちており、その実体験にもとづいて二組の男女が織りなす恋と人間模様を描いたといわれている。

主な登場人物は四人で、地方に暮らす貴族エードゥアルトと、その妻シャルロッテの住む城館に、エードゥアルトの親友の大尉と、シャルロッテの姪《めい》のオッティーリエが加わることで物語が始まる。彼らはいわゆる有閑階級で、広大な荘園を領有して優雅に暮らしている。

エードゥアルト夫婦の生活は平穏なものだったが、二人の外部者が加わることによって、化学反応でいうところの「親和力」のようなものが働き、活発に動きはじめる。

そして恋が芽生えると同時にさまざまな悲劇が起こり、彼らを取り巻いていた状況は危機に瀕《ひん》していく。恋愛、葛藤、裏切り、犠牲、背徳、断念といったものが負の連鎖のように連なり、全員が不幸の匂いのもとに運ばれていく。そんな物語だ。

古典だから、いまの小説のように読みやすくはない。書き割り的だし、生々しい実感もあまり伴わない。よほど意識的に読み込んでいかない限り、面白さはわからないだろう。青年は現代劇への翻案と言っていたけれど、萌子はこれをいったいどのように料理するつもりなのだろう。

メールを読み終えたわたしは添付ファイルのマークをクリックした。

「現代劇『親和力の悲劇』シナリオプラン／翻案・黒木萌子」という文字が見えた。青年はあらがきと言ったが、細かい文字がびっしりと並んでいる。かなりくわしいプランらしい。しかも、ちょっと面白そうだ。A4のペーパーにして五枚くらいだろうか。わたしはさっそくプリントアウトして読みはじめた。

＊

現代劇『親和力の悲劇』シナリオプラン／翻案・黒木萌子

【主な登場人物】

■大介（三十代前半）

T大学で建築工学を学んで故郷にUターンしてきた建設会社の若き二代目。地方の古臭い不動産屋だった実家を、敏腕をもって拡大する。ニュータウン建設、企業の工場誘致などに尽力。才能豊かで情熱的で、ドン・ファン的な恋の冒険者でもある。

■今日子（三十代前半）
地元の富裕な旧家の娘。実家は、漁業が盛んだったころは網元だった。地元の女子大を卒業後、大介と結婚。良識的、常識的で、奔放な夫を支える良妻賢母型の女性。夫婦協力しあって地元の振興をはかる。夫の親友の吉本とひかれあうが、理性の力で抑える。

■梨絵（二十歳くらい）
今日子の姉の娘。ミッション系の女子大在学中に両親が事故死。叔母の今日子のもとにひきとられる。純粋、可憐《かれん》で無欲な性格。恩人の今日子夫婦にけなげに尽くす。大介から猛烈アタックを受け、困惑しながらも受け入れる。やがてその犠牲となって死ぬ。

■吉本（三十代前半）
大介の建築工学の親友。才能を見こまれて大介に引き抜かれ、事業のパートナーになり、ビジネス拡大に貢献する。時代の潮流を読み、原子力発電所の誘致、建設に乗り出す。冷静沈着で計画性のある性格。大介の妻の今日子とひかれあう。

【時代と舞台地】

■時代

一九八〇年代前半。日本経済がもっとも繁栄し、その後のバブルの端緒となった時代。経済発展を至上とする価値観が国全体を覆い、国際社会からも注目の的となっている。その一方で、発展する首都圏と、衰退する地方都市の明暗が分かれていた。

■舞台

東北の沿岸部の中小都市X。人口数万。もとは漁業、丘陵部は農業を主な生業《なりわい》とする町。古代は豪族が割拠繁栄しており、いまも民俗的な行事や祭礼が伝わる。七〇年代に入ったころから漁業も農業もすたれ、新興のニュータウン、また大手電機メーカーや電力会社の工場用地などとして変貌する。八〇年代に入って町はずれの沿岸部に原子力発電所の誘致が計画され、町のあり方はさらに様変わりしつつある。

【あらすじ】

■1・序曲

・七〇年代末。東京の大手建設会社に勤めるエリート大介は、地方の不動産会社の社長である父親が死去したため帰郷、跡を継ぐ。二代目となった彼の目に、故郷はなんの魅力もない〝取り残された土地〟に映る。また大都会東京の流儀に慣れているため、古典的な家業のあり方にも不満を感じる。前向きな大介は事業の拡大と地元の振興を夢見て、行動を開始する。

・大介、土地の伝統的祭礼に顔を出し、祭礼の元締めを務めていた旧家の娘、今日子と出会う。今日子は小学校時代の同級生で、地元の女子大を卒業し、美しく聡明な女性になっていた。今日子の家はかつて網元だったが、漁業の衰退とともにすでに廃業。いまは不動産等の財産収入のみで暮らしている。資産家であるため経済的にはまったく困っていないが、今日子は後ろ向きで未来を見ようとしない父に失望を感じ、町の先行きに貢献するような仕事がしたいと考えている。

・大介は今日子の聡明さにひかれ、また半分、事業拡大のスポンサー獲得のために、彼女に接近する。今日子は大介に父親にはない覇気を感じ、強くひかれる。大介と今日子は性格は正反対だが、ともに故郷を再生しようという目標で一致し、結婚する。

■2・開発

・八〇年代に入り、若き経営者大介は精力的に不動産開発ビジネスを拡大していく。地元民との折衝、企業の工場誘致のための根回し、用地の買収工作、政治家とのパイプ作り……。寝る間も惜しんでプランを練り、仕事に打ち込んだ。ときに違法すれすれの強引な手法もとるが、豊かな学識と卓越したアイディア、また、持ち前の明るさで協力者を獲得し、事業は徐々に軌道に乗る。
・人材獲得にも熱心で、大学時代の親友の吉本を東京から呼び寄せ、将来の布石のための新規事業の企画部門を任せる。
・大介のプランの中でもっとも大じかけだったのは、ニュータウンの建設だった。それまで中途半端な果樹栽培などにしか使われていなかった内陸部の丘陵地帯を大規模に切り開き、宅地のみならず、病院、学校、保育所、ショッピングセンター、レジャー施設などを併設する本格的な計画を立てた。目玉となるのは地下水脈を利用した湖水で、自然とアメニティの融合した宅地造成を実現しようと考えた。大介はこの完成により人口の五千人増を見込んでおり、私鉄路線の延長や新駅の設置、地下鉄の敷設なども視野に入れていた。
・やがて、大がかりな工事がスタートする。しかし、丘陵の中腹にあった無縁仏の墓石群を邪魔物として撤去して、海を見下ろす展望公園を造ろうとしたころから、さまざまなアクシデントが起きはじめる。斜面の崩落、作業員の事故死、地下水の予想外の湧出《ゆうしゅつ》による計画変更……。順調と思われた事業にほころびが見えはじめる。
・自然景観を壊す、伝統的な神事や祭礼が行えなくなる等の理由で、地元民との間に対立が起こる。その中には今日子の父もおり、大介との関係が悪化する。今日子は父と夫との板挟みに苦しむが、事業推進のパートナーとして大介の側につく。しかし、そのうち、夫はただ自分の欲望を無軌道に満たそうとしているだけではないかとの思いに駆られるようになり、ふるさとの再生と繁栄を一途《いちず》に願っている自分とは目的が違うことに失望する。

・大介は事業計画の停滞にいらだつ。そんな中、妻の姪であるうら若き女性（梨絵）が登場する。不幸にして両親を失った梨絵は、庇護《ひご》と後見を求めて、大介宅に引き取られる。

■3・ラブアフェア

・大介の梨絵への猛烈なアプローチが始まる。「惰性で夫婦を続けることは耐えられない」「僕は『自然の声』に素直に耳を傾けたい」と言って梨絵に猛烈にアタックする。大介は梨絵との愛に生きるためならば、財産も地位も世間の評価も犠牲にしてよいと思う。また、子供っぽい性格のため、それを隠そうともしない。ときには梨絵へのラブレターを置き忘れて、今日子に発見されたりする。

・これに対して、つつましい今日子は見て見ぬふりをしてことを荒立てない。また、梨絵に対してもあくまでもやさしい叔母の態度を崩さない。

・梨絵は戸惑いながらも、大介の情熱に引き込まれていく。が、恩義ある叔母への義理立てもあり、板挟みに苦しむ。

・仕事への情熱を放擲《ほうてき》し、すべて梨絵への恋情に転換してしまったかに見える夫に、今日子は深く失望する。そして、反作用のように、夫の優秀なビジネスパートナーである吉本にひかれていく。吉本は目下、大手ゼネコン、政界と接触し、原子力発電所の誘致と建設を画策している。時代の大局を読む能力のある吉本は、大介が手がけているような普通の宅地開発や観光開発には早晩限界が来る、地元の中長期的な発展と安定のためには原発しかないと考えていた。夫と違って難事業に立ち向かおうとしている吉本を、今日子はますます頼もしく感じる。

・大介は優秀な吉本が会社の中で大きな存在感を示し、妻の今日子と好意を持ちあっていることに気づく。そうなると男の身勝手で急に今日子が惜しくなり、夜、今日子の部屋を訪ねる。愛情は冷めていても夫だから今日子は拒めず、結果、二人とも違う相手を心に抱きながら一夜を過ごす。

・それによって、やがて今日子は妊娠する。今日子は戸惑い、しかし一抹のよろこびも感じ、複雑な気持ちになる。

・梨絵はあれほど自分への想いを語っていた大介が裏切っていたことに大きなショックを受ける。しかし、表面は平静を保ち、叔母にも祝福の言葉を贈る。

■4・悲劇

・今日子が出産する。しかし、その子は、「吉本に瓜《うり》二つの面差し」と「梨絵にそっくりな瞳」を持った「罪の子」だった。夫婦が互いに伴侶以外の人を愛し、しかもその面影を抱きながら情交したという二重の裏切りの報いだった。
・今日子は自分たちの罪深さにおののき、その子の将来のために吉本のことは忘れ、夫との関係をもう一度修復しようと思う。しかし、子守りをしていた梨絵があやまって水死させてしまう。皮肉なことに、事故の現場は大介が心血注いで建設したニュータウンの造成地の湖水だった。責任を感じた梨絵は夫婦のもとを去り、良心の呵責《かしゃく》から世を去る。
・子供と梨絵の両方を失った大介は傷心癒しがたく、事業への情熱もまったく失せてしまう。そして見る影もなく意気消沈し、自分も命を絶つ。
・残された今日子は梨絵と夫の墓を並べて弔ってやる。ニュータウンの計画はけっきょく中途で頓挫《とんざ》。今日子は中途半端な開発の爪痕が残された斜面にたたずみ、茫然《ぼうぜん》として、「私たち、どこで間違ったのかしら」とつぶやく。
・しかし、気丈な彼女は自分の生きる道を模索した末、夫の仕事を受けつぐ決心をする。そして、新しいパートナーとして、吉本と手を携えていくことを考える。

＊

黒木萌子の構想したそれは、予想以上に面白そうなプランだった。舞台も設定も登場人物も不自然さがない。いい芝居になるのじゃないか――。わたしは思った。

ゲーテの『親和力』のエッセンスがよく消化され、その上に現在的な問題も盛り込まれている。地方都市のありふれた人びとが、運命の糸に操られるように、悲劇の渦の中に誘い込まれていく。人知を超えた自然の復讐《ふくしゅう》劇を見る思いだった。萌子という女性はなかなかの才媛《さいえん》であるらしい。

――原作を読み返してみなくては。

わたしの頭に一冊の本の表紙が思い浮かんだ。

――あの本、捨てていないはずだが、どこへやったっけ。

わたしは書棚を探し、最下段、二列に置かれた最奥に、うっすらと埃《ほこり》をかぶって変色したそれを見つけた。

柴田翔訳、ゲーテ『親和力』。手に取ると、古本特有のかび臭さが鼻についた。これものに触るようにそっと頁《ページ》を開くと、ところどころにぼやけた朱で傍線が引いてある。

わたしはおや、誰が――？　といぶかしく思い、犯人が自分であることがわかって苦笑した。頁をめくるほどに記憶のかさぶたがはがれ、四十年前の孤独な日々が立ちのぼってきた。二十代の終わりにドイツ留学をしたとき、わたしは無聊《ぶりょう》を慰めるように『親和力』の世界を彷徨《ほうこう》していたのだ。

わたしは箱の中にしまってあった青春の遺留品を一つひとつ確認するように、思い出の本を読んでいった。

読み終えたとき、日はすでにとっぷりと暮れ、冷え切った研究室の中で、机のスタンドだけがわたしを照らしていた。ふと見やると、向かいの建物の明るい部屋の中で、学生が二人、開いた本を指さしながら何か熱心に話しあっている。

——こんな古びた本が若い人たちによってよみがえり、生き生きと輝くとは……。

わたしの心の暗がりにもあかりが灯るようだった。

＊

「お時間のあるときに」と言ったくせに、翌朝、パソコンを覗くと、青年から早くも「どうですかメール」が届いていた。たぶん、わたしがプランを読んでどう思ったか知りたくてたまらなかったのだ。

*

姜先生へ。

昨日はずうずうしいお願いをして申し訳ありませんでした。と、言いながら先生の感想を聞きたくて、またまたメールしてしまいました。

というのも、昨日みんなで初めてディスカッションしたのですが、ぜんぜんまとまらないのです。てんでにいろんなこと言うので、萌子「ちがーう」「そうじゃなくて」「みんな、私のプラン、ちゃんと読んできてくれたのかな」って機嫌悪くなっちゃって。とくに僕は「直君は主人公なのに、いちばんわかってない」と決めつけられました。主人公なのに……って、「僕だってやりたくてやってんじゃないよ」と言い返したくなりましたけれど、与次郎のために頑張るんだと思って、ぐっとのみこみました。

先生、萌子をぎゃふんと言わせる、じゃありませんが、僕なりにこの物語をマスターして、いい芝居をしたいのです。助けてください。

萌子によくわからないから説明してよって何度か頼んだのですけど、あいつの説明、何言ってるんだかよくわからないのです。「何度同じこと言わせるの」とか「だから、××〇〇って言ったでしょ」式のことをすぐ言いますし。質問するの嫌になりました。

でも、萌子のせいじゃないんです。劇を理解できていない僕が悪いのです。で、萌子よりやさしい姜先生にうかがいたいんです。『親和力』のポイントはどこにあるのでしょうか。まずそこから教えてください。ふがいないのですが、先生のお考えをぜひとも聞きたいです。

よろしくお願いします。

西山直広

＊

――萌子よりやさしい姜先生か……。

わたしはクスッと笑い、すぐに返事を書きはじめた。青年のＳＯＳに応えるというよりも、萌子のシナリオを読んだときから意見を言いたい気分になっていたのだ。いまもし黒木萌子が目の前に現れたら、わたしはすぐに彼女と『親和力』談義みたいなものを始めていたに違いない。

＊

直広君へ。

さぞかしもどかしい思いをしているのだろうね。海では自在に泳ぐ君だけど、陸に上がってできない芝居にもがいている君は、さしずめ干上がって参っているカッパといったところかな？

さて、わたしは演劇のことは詳しくないのですが、舞台劇の特性としていちばんハッキリしていることは、映画やテレビのような映像と違ってライブということだね。しかも、あとで編集できる映像と違って、舞台での時間の進行は不可逆的で、出演者は始めから終わりまで劇の進行とつきあわざるをえません。

だからこそ萌子さんは君にこの劇のことをよくよく理解してほしいんだよ。しかも、君は主役だからなおさらだ。したがって、趣旨やテーマや進行について、演出家兼脚本家である萌子さんとしっかり摺《す》りあわせておく必要があります。

わたしもこの劇には興味がありますから、答えられることは答えたいと思います。また聞きたいことがあったら質問してくれていいですよ。しかし、断っておきますが、正解かどうかはわかりません。あくまでもわたしなりの解釈です。それをどう受け止め、生かしていくかは君次第です。どうか一つのヒントとして考えてみてください。

シナリオによると、主な登場人物は四人です。建設会社の若き二代目の大介。その妻の今日子。今日子の姪の可憐な女性の梨絵。そして、大介の親友でビジネスパートナーである吉本。この中に根っからの悪人はいなくて、むしろ普通の人以上に善良で、教養と見識があり、身持ちもよく、家柄もいい人たちだね。

萌子さんのプランは、これらのキャラクターの間に働く、牽引《けんいん》と反発の「親和力」の化学反応——人知を超えた運命の悪戯《いたずら》——をスリリングに設定していると思いました。登場人物のキャラについてはとりあえず措《お》いて、まずは物語全体の主題についてお話ししよう。

劇の主題と意味を理解するのに重要なのは、舞台となっている町の地形・風景《ランドスケープ》です。わたしは萌子さんがどれくらい意識してこの設定を考えたのかわからないけど、彼女は「土地」というものに人知を超えた磁場のようなものが働くのをよく心得ていると思いました。これは「地霊」なんていう言葉で説明されることがあります。

舞台となっているXは、海に面し、後背は丘陵地帯となった地方都市で、古代から続く歴史と伝統もあって、かつては漁業を中心に栄えていた町です。しかし、いまは開発によってその面影もなくなっている。日本にはそういう中途半端な地方都市がたくさんありますが、ここもそんな土地であるわけだ。現実とはちょっと違うけれども、あの東北のXをモデルにしているのだろうね。そして、印象的なのは、町はずれの海岸に原子力発電所の建設が計画されていることです。

こうした立地を設定したうえで、物語が展開していきます。前半のポイントとなるのは、大介が宅地造成の邪魔になる無縁仏の墓石群を撤去したことからいろいろなトラブルが起こりはじめることでしょう。彼も会社を切り盛りする妻の今日子もニュータウン開発に取り憑かれ、さまざまに意匠を凝らして、斬新な町づくりに没頭しますが、それが悪い展開を招いていくのです。

ここはちょっとサスペンスドラマ風だね。

本人たちはあくまでも住民の暮らしを豊かにする、つまり、住民の利益に資しているつもりです。でも、大局的に見ればそれは自然の大地を掘り起こし、美しい天然の景観を崩していくことでもある。だから、黄泉《よみ》の国から太古の精霊がよみがえるように、登場人物たちに悲劇がもたらされていくのです。そういうことだと思います。

君も知っていると思うけど、原作の『親和力』では、主人公たちは最初から最後まで領地をいじくりまわしているよね。

池をつくったり、遊歩道をつけたり、見晴らし台だの、離れ屋だの、水車小屋だの。あるいは土地を切ったり貼ったり、利子をつけて売買したり。あの様子は金持ちの暇人が趣味で庭いじりをしているようにしか見えないでしょう？　しかし、現代的に解釈したら、萌子さんが言うように、都市開発とか自然操作とか環境破壊といった行為として読むことができるはずです。わたしもこのシナリオを見て、「そうか、こういうふうに読みかえるとわかりやすいのだな」と、教えてもらいました。

人間による自然操作ということがこの物語のキーワードなのだとすると、萌子さんがこのシナリオに託したことが見えてきませんか。

舞台となっている町は、いわば日本列島の縮図です。

舞台は仮にＸになっていますが、必ずしもＸに限定した話ではなく、そこで行われている大規模なニュータウンの造成はこの半世紀の間にこの国に加えられてきた凄まじい開発の象徴であり、その結果として、バブル経済やその崩壊、また、いまのゼロ成長や不均衡な社会があります。また四人の間に働く親和力は、愛と習俗、友情と葛藤、作為と自然といった文化的なものの対立が導き出す力学を示しているように思えます。みんながそれぞれに自分の考えを持ち、自分に忠実に生きたいと願い、そしてそれぞれに精いっぱい努力して人を愛し、友情をあたため、仕事に打ち込んでいるのに、渦の中に巻き込まれるように悲劇へと転落していく。なにやらいまの日本の社会そのもののようではありませんか。

わたしが思うに、こうしたシナリオはものごとを大所高所から見る突き放したままなざしがないとなかなか書けるものではありません。萌子さんは外国で育った帰国子女だと聞いたけれど、そのせいもあるかもしれませんね。あまり日本的でない視点の持ち主だと見受けました。

さしあたりわたしの思うことを述べましたが、少しは君の役に立ちそうですか。そうであればいいのですが。

何度も言いますが、わたしの意見を鵜呑《うの》みにするのではなく、君なりの考えとして消化してください。

健闘を祈っています。

姜尚中

二　四人

わたしがシナリオをほめたことがよほどうれしかったのだろう。翌日、また青年からメールが届いた。

＊

姜先生。

さっそくお返事ありがとうございます。

先生のメール、三度も読み直しました。おかげで萌子に直広君は飲み込みが悪いって言われていた意味がわかりました。僕は舞台地の地形だとか風景だとか、そんなことは気にもとめていませんでした、でも深い意味があったのですね。少しずつわかってきました。

僕はこの原作を読んだとき、意味はよくわからないけれど、なにか恐ろしい話だなとは感じました。萌子のシナリオプランを読んで、その印象はもっと強くなりました。とくに恐ろしいと思ったのは、大介と今日子が互いにそれぞれ愛する人を思い浮かべながら一夜を過ごし、その結果生まれてきた赤ん坊の顔が自分たち夫婦じゃなくて彼らにそっくりだったって話です。それってホラーですよね。

それから、ゾッとしたのは、その赤ん坊が子守りをしていた梨絵の不注意で死んでしまうところです。萌子、「ここは私、湖の水が狙いすましたように静かに梨絵と赤ちゃんに近づいて、スーッと命を奪っていく感じにしたいの」って言ってました。うわ、恐いこと言うなと思いました。

ゲーテはなんでこんな話を小説に盛り込んだのでしょう。おっしゃっていた「人知を超えた運命の悪戯」ですか？「地霊」のなせるわざですか？　大介も今日子も梨絵も吉本も、みんなその力に操られているんですか。

ただ、僕なりにポイントはだいぶわかってきたのですが、登場人物のキャラがいまひとつかめません。

『親和力』の登場人物って、僕はみんな線が細いような気がするんです。たとえば、たいへんなワルだったり、凶悪な犯罪者だったり、すごい聖人だったり、とてつもない自己チューだったりしたらむしろ演じやすいと思うのですけど、そんなのではないですよね？　生き生きしていないし、あまり特徴がない気がします。つかみどころがないんです。それは僕が人物像を理解できていないからでしょうか？

先生が質問があったら聞いていいよって言ってくださったので、甘えて聞いちゃいます。僕が演じる大介、どういうふうに演じたらいいと思われますか。あわせて、今日子や梨絵や吉本のキャラも教えていただけたらうれしいです。ついでに、彼らの互いの人間関係をどんなふうにとらえたらいいのかも。

調子に乗ってほんとにすみません。どうぞ懲りずによろしくお願いいたします！

西山直広

＊

——たしかに何かあったら聞きなさい、とは言ったけれど……。

「便乗しちゃえ」といわんばかりに、身を乗り出して聞いてくる若者の様子に、わたしは苦笑した。

「一生懸命なんだな」

ちらっと時計を見た。次の打ち合わせまで少し時間がある。わたしは返事をつづりはじめた。

＊

直広君へ。

わたしのコメントが役に立ったようでうれしく思います。

さて、早速ですが、今回の君の質問は、登場人物のキャラをつかみたいということでしたね。

では、まず大介から考えてみよう。

彼は地元Xの建設会社の二代目です。原作では広大な領地を所有している有閑の地方貴族のエードゥアルトです。萌子さんは育ちがよくて、明るく奔放な人物として大介を設定しているけれども、原作の人物像をよく反映していると思います。彼は一途で純なところがあり、こうと思ったら周囲のことや後先のことは考えず、すぐ実行に移す。そんな男ですね。ある意味では大人になりきれない子供っぽい人物のようにも見えるけれど、それが彼の魅力でもあるわけです。

大介はまわりの人びとの顰蹙《ひんしゅく》を買いますが、そんなとき、彼が持ち出す言葉がありま す。それは、「自然の声」です。人間は自然の声に従うべきだ、それが正解なのだと彼は言います。原作でもそうですが、この言葉はいろいろな意味で大きなキーワードです。

大介が言うとおり、人間が行動したり、ものごとを判断したりするとき、「自然の声」に従うことはある意味正しい。しかし一方、社会の決まりごとや秩序の観点からすれば、自分勝手なわがままと見なされます。

といいながら、愛する女性に対する態度という点からすれば、梨絵に対する大介の愛ほどピュアなものはありません。純度百パーセントの愛といってもよく、「純愛」という言葉が死語でないとすれば、それは彼のためにあるのかなと思ったりします。なにしろ彼は梨絵への愛のためには地位も名声も財産もなげうっていいと思っているのですから。そんな生き方は青臭いともいえますが、汚濁にまみれた社会の中ではどこか崇高に見えないでもありません。君はどうですか。彼みたいに好きな女性に真正面から迫れますか。これは、この芝居をやるうえでけっこう大きなポイントだよ。

同時に、忘れてはならないのは、この「自然の声」というやつは、ピュアなようでじつは罪深いということです。だから、やがて報いがきます。

それが、赤ん坊の悲劇です。

赤ん坊は不義の相手に似ていてそのこと自体みなを傷つけますし、しかもすぐに命を奪われてしまいます。

さらにだいじなことを言うと、大介は自分の中の「自然の声」に忠実に生きたいと言いながら、実際は大地の力と結びついている本当の「自然の子」ではありません。なぜなら彼は先端的な知識や技術を外から持ち込んできて、自然を壊し、制御しようとする張本人でしょう？　ある意味では、人工的な異物のほうとつながっているのです。つまり、「自然の子」でもあるけれど、半面、「科学の子」でもある。自然、自然と言いながら、言っていることとやっていることが違うわけです。

だから、最後に子供も失い、梨絵も失い、自分も命を絶ってしまう。大介は自然のしっぺ返しを受けたような格好なのです。たいへんな皮肉です。

ともあれ、これがだいたいわたしの考える大介のキャラです。大介が主人公だとすると、女主人公はいうまでもなく大介の愛する梨絵です。原作ではオッティーリエ——寄宿学校の女学生で、エードゥアルトがぞっこん惚《ほ》れ込む美少女ですね。君が愛する相手だからぜひとも理解する必要があるけれど、この役は萌子さんがやることになっているのですね。

萌子さんは梨絵の輪郭を今日子ほど明確にしていないようです。そういえば、いつか倫子さんがオッティーリエのことを「犠牲者キャラ」と言っていたように思ったけれど、その通り、大介と今日子の不実を贖《あがな》うためにあらかじめ定められた「犠牲」のように見えます。しかし、犠牲者だからこそ、あえてキャラを際立てていないのかもしれない。

原作には学校の先生が、「オッティーリエ嬢が自分から何かをお求めになったり、ましてや何かを是非手に入れたいとおせがみになったところを、私はいまだ見たことがございません」と言う印象的なせりふがあるのですが、彼女の生涯を暗示した象徴的な一言だと思います。

とはいえ、では梨絵はただ消極的で受け身の女性なのかというと、けっしてそうではありません。たしかに彼女は叔母である今日子への義理と大介の熱烈な愛の狭間で身悶《みもだ》えし、どうすることもできません。最後は大介と今日子の子を死なせた贖いのように、尊い犠牲となります。でも、彼女はいつの時点からか、犠牲の役をみずから積極的に引き受けようと決心します。その意味で梨絵は、大介や今日子、吉本とも違って、自分の逃れられない運命をしっかりと受け入れた女性と見ることもできます。

深読みかもしれませんが、外の世界と連なる大介と土着の世界に根を持つ今日子との不実の子を梨絵が死なせることになり、梨絵がその贖いとして犠牲となるという筋立ては、いろいろな意味で寓話《ぐうわ》的ですね。梨絵という名の生贄《いけにえ》は、許されない恋愛に対してだけでなく、人工と自然との、開発と土地との、外の世界と土着の世界との和解のためにも捧げられているように思えます。

梨絵に劣らず、ある意味ではそれ以上に重要なのが今日子です。原作ではシャルロッテです。ゲーテは理知的で、良心的で、自己制御的で、ある意味でいえば「自然の声」をまったく聞かない女性として彼女を描きましたが、ふるさとを愛する郷土の女という意味では、彼女は自然の子でもある。つまり、大介と反転するように、二人とも自然と反自然が半々ということなのです。

夫に仕えながら会社を切り盛りする如才ない今日子は、ニュータウンのプロジェクトでもいろいろなアイディアを夫に提案し、手に手を携えて開発事業を促進していきますが、それは故郷を振興させたいという彼女の郷土愛ゆえです。

そこに登場するのが、大介の親友で新規事業の開拓に取り組む吉本です。原作では大尉と呼ばれているエードゥアルトの親友です。大介の事業をもっと新分野のほうにスライドさせ、原発ビジネスに取り組もうとしている彼は、大介よりもっともっと自然から離れています。吉本の役どころは他の三人と較《くら》べると地味だけれども、成熟した大人の薫りがありますね。

今日子は子供っぽい大介に物足りなさを感じていたわけだから、吉本にひかれるのも当然ではないかという気がします。しかし、逆にいえば大介のほうもこの世の重力の法則だけを大切にしているような現実的な妻に物足りなさを感じていたのかもしれません。だからこそ彼の愛は無垢《むく》な魂の塊のような梨絵に向かうのでしょう。身を焦がすような愛欲の対象とするには、今日子はあまりにもクールな優等生に見えたんだろうね。

また、重要なことは、今日子は『親和力』のアンカーのような役割を果たしていることです。彼女は子供が生まれると吉本への思いを断ち切り、夫とやり直そうと考えますし、赤ん坊に死がもたらされても、けっして梨絵を咎《とが》めようとしません。そのうえ、自分を傷つけた夫と梨絵を仲良く並べてねんごろに葬ってやります。あくまでも「正しいこと」をする人なのです。だからこそ、最後に彼女の言う「私たち、どこで間違ったのかしら」という言葉が生きてくるのです。何も間違っていないはずなのに、いったいどこで――と。

このエンディングは今日子でなくては考えられません。ですから彼女は「物語の終わりを看取《みと》る人物」ととらえてもいいかもしれませんね。

ざっと駆け足で見ましたけれど、君の役に立ちそうですか。そうであればうれしいです。

君の演技が〝女王様〟のお眼鏡にかなうことを祈っています。

姜尚中

＊

メールを送ったあと、わたしは無性に外の空気を吸いたくなった。

研究室を出て、非常階段に通じるドアを開けると、やはり、まだ寒い。思わず首をすくめ、ポケットに手を入れた。それでも雲間から射す陽光はどこか和らいでいる。風の中に心なしか甘い香りが混じっている。

春はきっと間近なのだ。

本郷通りの騒音も普段ほど耳障りではなく、東京の街並みが遠くまでぼんやりと霞んでいる。青年が大介を演じている情景を想像してみるだけで、わたしは久々に心が弾む気がした。

第二部

第三章

ライフ・セービング

一　爪痕

ワゴン車のドアを開けたとたん、強烈な異臭が鼻を突き、わたしはうっと身をひいた。潮の匂いと、泥の匂いと、ガソリンの匂いと、有機物の腐った匂い。それらがすべて混じりあった、吐き気をもよおすような匂い。思わず手で口許《くちもと》を覆い、意を決して踏み出したそこには、この世のものとも思われぬ光景が広がっていた。

これは……。

わたしは言葉を失った。

東北沿岸部の中小都市、X──。

右も左も、見渡す限りの瓦礫《がれき》の山だ。巨大な腹を見せて横たわる死魚のような船。粉々に打ち砕かれた住宅のドア、歪《ゆが》んだ窓枠、畳。根こそぎひっこぬかれた流木。布団、枕、自転車、座布団、ストーブ、机、椅子《いす》。もっと目を凝らして見ると、鍋、茶碗《ちゃわん》、ランドセル、ノート、サンダル、アルバム、ペットボトル、空き缶、コンビニ袋、衣類、振り袖。人が生きていた痕跡という痕跡のすべてがちりぢりに引き裂かれ、散乱している。

アポカリプス（黙示録）、世界の破滅——。

そんな言葉が頭をよぎった。

後ろをふり返ると、ドライブインらしい建物が、内臓をごっそりと持っていかれた遺体のような姿をさらしている。コンクリート壁がむき出しになり、シャワー用の水道管が骸骨のようだ。わたしはゾッとし、また「世界の破滅」という言葉を思い浮かべた。

二〇一一年三月十一日、東北地方三陸沖を震源とし、死者・行方不明者あわせて二万人弱の犠牲者を出した「東日本大震災」。その二週間後、わたしは被災地の惨状を伝えるテレビ番組リポーターとして、この町へやってきたのだ。

いっさいが沈黙し、動いているのは海から吹いてくるそよ風だけだった。廃墟《はいきょ》に立ったわたしは一瞬音のない世界に紛れ込んだような錯覚を覚え、やや難聴気味の左耳を手のひらで二、三度とんとんと叩《たた》いた。天を仰ぐとライトブルーの空が遠くまで広がり、かすれた浮き雲があちこちにちらばっている。そこは地上の惨状とはうって変わってどこまでも明るかった。視界の先に見えている海もまた、何万の命を飲みこんだ怪物とは思えぬほど澄んで、青かった。

ディレクターが、松林に黒く縁取られた海岸線を仰ぎ見ながら、

「ここをずっと南に下った隣町が、例の原発ですよ」

と言った。

わたしにこのリポートの話を持ってきてくれた旧知のテレビマンの加藤だ。

その姿はここからは遠すぎて見えない。しかし、わたしは松林のはるか向こうに、テレビで繰り返し見た、白煙を噴き上げる四角い巨大な棺《ひつぎ》のような建物を連想し、身震いした。崩れかけた螺旋形《らせんけい》の巨大な塔――「バベルの塔」の絵がだしぬけに脳裏に浮かんだ。

ふと何かを踏んだ気がして視線を落とすと、かっと目を見開いた日本人形がこちらを見つめていた。銀杏返《いちょうがえ》しの鬢《びん》がほつれて左右の頰にからみつき、夜叉《やしゃ》を思わせた。わたしはぎょっとして後ずさりし、よろけて尻餅をつきそうになった。

「どうしました、大丈夫ですか？」

と、加藤があわてて支えてくれた。

大震災と原発事故で日本中が動転していたころ、わたしは加藤に電話を入れ、現地取材ができないか相談してみたのだ。彼も現地に飛ぶことを考えていたこともあり、わたしを現地リポーターにする取材番組の企画はすんなりと通ってしまった。

加藤が選んだ現地は、放射能汚染の危険があるかもしれないX市だったが、わたしに異存はなかった。むしろわたしは心のどこかで、もっと凄惨な場所に身を置きたいと思ったほどだった。

それにしてもどうして……？

わたしは知りたかった、「世界の破滅とみずからの破滅」の意味を。

いや、あの子が残した言葉がまさか現実になるとは……。信じられないと思いつつ、その言葉が重大な予言のように思えてならなかったのである。

確かめてみよう、この世の破滅とはどんなことなのか。

この目で、この耳で、この手で、この足で、それを確かめたい。わたしは、得体の知れない何ものかに突き上げられるように、現地に足を踏み入れることにしたのである。

＊

海岸を中心とする各所をめぐったのち、午後、わたしたちは取材のため市庁舎へ向かった。

傾きかけた日差しの中、瓦礫の山をかき分けるようにして車を走らせる。道路は自衛隊の救助車両が砂埃《すなぼこり》を巻き上げて通り過ぎるだけだ。

原子力発電所から三十キロ。避難指示まではいかないものの、屋内退避指示の出ている市内は生きた気配がない。ときおり見える人影はみな地面を這《は》うようにして残骸をかきわけている。おそらくそこには二週間前まで自分が住んでいた家があって、ごっそりと持ち去られた思い出を必死で探しているのだろう。

わたしは目を背けた。

と――、加藤が震える声でわたしを促した。

「あれを見てください、あの信号機」

その声に誘われて見やると、交差点の信号機の上四分の一がへし折られ、うなだれるようにぶらさがっている。

「あんなところまで津波が襲ったんですね。信じられない」

巨大な自然の破壊力を目の当たりにし、わたしはからっぽの器になっていくようだった。心があらぬところに移ってしまい、生身の身体《からだ》だけが機械的に動いているようだった。号泣したくも絶叫したくもならない。激情や憤怒に突き動かされることもない。ただ無感動に近いフラットな感覚が全身を支配していた。

到着した市庁舎の平凡なコンクリートの建物は、さいわい大きな被害はないようだった。駐車場には一台の車もなく、外観は眠ったように静かだったが、内部に足を踏み入れると陳情や行方不明者の安否確認のために訪れた人びとでごった返していた。不安と疲労と焦燥感とが、異様な温気《うんき》となって立ちこめていた。そして、この希望を打ち砕かれた土地で、わたしは思いもかけぬ再会をすることになったのである。

それは、市長室に通じる薄暗い階段を上がろうとしたときだった。

突然、後ろから「先生、せんせーい！」と呼ぶ声がした。

ふり返ると、人ごみをかき分けて、迷彩柄のダウンジャケットを着た背の高い青年が駆けよってくる。それは――、あの直広《なおひろ》青年だった。

「君は……直広君じゃないか！　どうして？　どうしてここに？」

「先生こそ、どうしてここに？」

青年は興奮気味にわたしの手をとり、いかにもうれしそうに大きく笑った。短く刈り込んでいた髪は眉にかかるほど伸び、埃をかぶってパサパサしている。頬も少し痩せたろうか。肌は白っぽくそそけ立って、唇も乾燥してひび割れている。しかし、思いがけぬ出会いに生気を吹き込まれたのか、ふっくらとしたまぶたの奥の瞳が輝いている。わたしもしっかりと手を握り返した。

「テレビだよ、被災地のリポートをすることになってね……」

わたしは説明した。そして、

「君は？　どうしてここに？」

すると青年はわたしの手を握ったまま後方をかえりみ、「あいつらと一緒に来たのです」とうながした。人の流れの向こうに、長椅子に座った男女の姿が見える。

「演劇部の仲間です。左側の彼女の実家が津波でやられて両親とも行方不明なんです。安否確認のために、朝からずっとここで待ってるんです」

と言った。

若い男性一人と、若い女性が二人。被害にあったという左の女性は、長い髪にうずもれるようにしてもう一人の女性にもたれかかり、肩を抱かれている。

――そういえば、仲間に東北の中学校長の娘がいると言っていたっけ。

わたしは青年とのやりとりを思い出した。そうだ、倫子《りんこ》だ。とすると、もう一人が萌子《もえこ》か。わたしはさらに思った。そうか、だから萌子の『親和力』の舞台はXになっていたんだ。友達の田舎でもなければ、帰国子女の彼女が日本の地方都市のことなど知っているはずがない。で……、もう一人のあの若者は誰だっけ？　与次郎《よじろう》じゃなくて、いけてない中年キャラの……、倫子のカレ氏の……。

「先生、お仕事のお時間大丈夫ですか？」と気にしながら、直広青年は長椅子のほうにわたしをいざない、三人を紹介した。

「演劇部の仲間の功《いさお》です」

紹介された青年はすぐに立ち上がり、「はじめまして」と、響きのある重低音で言った。直広のように、いわゆる溌剌《はつらつ》とした若者ではない。小太りで、色白で、ウエットなヒラメみたいな顔をしている。しかし聞いていたほど〝斜め〟の感じではなく、ていねいに深いお辞儀をした。

青年は続いて二人の女性を指し、

「倫子と……、こっちは萌子です」

と言った。

倫子は向き直る気力もないのだろう、顔を少し仰角に向け黒髪の間からどろりとこちらを見たが、すぐ脱力して友にもたれかかってしまった。その肩を抱いている萌子はまっすぐにこちらを見て「黒木です」と言った。

とりたてて無礼ではなかったが、友達がこれなんだから私も動けなくて当然という顔をして、ジーンズの足を組んだまま立ち上がろうともしなかった。なるほど日本的な感覚はもちあわせていないらしい。が、「この人誰？」という好奇心まんまんの大きな瞳が吸いこまれるように美しく、丸いおでこを縁取っている短い前髪が可愛《かわい》かった。

三人を紹介したのち、青年は通路の反対の長椅子が空いたのに気づいて合図し、震災ののちここへやってきた経緯を説明しはじめた。

突然の揺れが起こったとき、全員が部室に集まっていたこと。まもなく震源が三陸沖とわかって、岩手、宮城、福島がたいへんらしいという情報がもたらされたこと。とたんに倫子の顔色が変わって実家に電話をかけたが、携帯電話も固定電話もつながらなかったこと。家族全員が行方不明だと哀訴してきた倫子を助けるため、仲間四人で現地へ向かうことにしたこと。しかし、東北新幹線は寸断し、東北自動車道も通行止めになってしまったこと。隣接する町にある原発が爆発し、まもなく二十キロ圏内に避難指示が出されたこと。東北自動車道の復旧を待って、仲間のうちで唯一自分の車を持っている功が運転して現地入りしたこと……。

直広青年はそこまで一気に説明したのち、一つ深呼吸して息を整え、倫子の家はここから十キロほど北にあったのだが、まったく見当もつかないほどきれいに何もなくなっており、やむをえず、なんとか無事が確認できた親戚の家を訪ね、いま四人ともそこに厄介になっている、と言った。

わたしは両膝に両肘を置き、体重を預けながら青年の話にふんふんと聞き入っていたが、ふと人の気配を感じて顔を上げるとディレクターの加藤が立っている。時計を見ながら「姜さん、そろそろ」と言う。後ろに肩乗せカメラやケーブルを担いだスタッフがひかえている。

わたしは腰を浮かしかけ、またふり返って、青年にこれからどうするつもりか聞いた。青年はできれば倫子の両親が発見されるまでいてやりたいと言い、また、そのあとはライフ・セービングの技能を生かして行方不明者の捜索のボランティアをやりたい、と答えた。

――ライフ・セービングの、ボランティア……。

わたしはそんなものがあるのかと興味を感じたが、その場ではそれ以上つっこまず、どうか気をつけて頑張ってほしいという月並みな言葉を残してテレビクルーのあとを追った。

踊り場からもう一度ふり返ると、青年と功は直立不動よろしき姿勢で並び、わたしと目が合うと深々と頭を下げた。萌子は倫子を抱いて座ったまま、片手で小さく手をふっていた。倫子は相変わらず顔も上げず、黒髪の中にがっくりとうずもれていた。

二　body

墜落してへし折れた飛行機の胴体のように、後方四分の一を失った木造の教会。背後をふり仰げば、無理やり引きちぎられたような屋根の上に青空が覗き、春の日差しが降り注いでいる。長椅子も祭壇もすべて流し去られ、泥でそそけ立った床に白木の簡単な棺だけが置かれている。

ありったけ投げ入れられた白い花の中に気持ちほど見えている蠟《ろう》めいた顔。隣の市から来てくれた善意の神父がやや訥々《とつとつ》とした口調で別れの話をしているまわりに、立ったまま頭を垂れる人が十人ほど。そして、それらの人びとを見下ろしている、十字架のイエス・キリスト。すべてを波に奪われ、骨と皮だけになった教会に、その魂である聖像のみさらわれず残ったことは、まことに僥倖《ぎょうこう》かもしれない。

梁《はり》の上から磔刑《たっけい》の人が見守っているのは、倫子の父親だけではない。その足元に目を移すと、他に白木の棺が六つほど並んでいる。その中の二つは一回り小さい。おそらく子供だろう。

壁面の一部を持ち去られた〝オープンスペース〟とはいえ、なんとも形容しがたい腐臭が立ちこめている。火葬場が使えないため、遺体の処理がとどこおり、棺に入れるだけで放置せざるをえない状況が続いているのだ。臭気を消すための薬剤が使われているのだろう。人工甘味料のような甘ったるい香りが混じっている。が、立ちこめる死の匂いを打ち消すには十分でなく、むしろいろいろなものがないまぜになったその混濁臭のほうが不快なのではないかと思われた。

＊

廃墟と化したXに奇跡的に残った旅館に投宿していたわたしのもとに、倫子の父親の遺体が発見されたという連絡が入ったのは、昨日の夜だった。

旅館に戻ってノートパソコンを開くと、青年からのメールが届いており、遺体が見つかったので、明日の正午、町の中心に残った教会で葬式をやる、できたら参加してほしいという。こういう状況なので簡単なことしかできないが、もし来ていただけたら倫子がどんなによろこぶかわからない。まことに勝手なお願いだけれど、ちょっとでもいいから可能ならおいでいただけないか――とあった。

わたしは魂の抜けた人形のようになっていた倫子の姿を思い出した。遺体が見つかって、彼女は救われただろうか。それとも、希望を打ち砕かれただろうか。どちらだろう。すでに被災地のリポートは終わり、明日は東京に引き揚げる。しかし出発予定は午後二時だ。その前に一時間か三十分か葬儀に立ち会うことは十分可能だろう。わたしは出席する旨、すぐ青年に返信した。

＊

打《う》ち毀《こわ》された教会にたどりつくと、式はもう始まっていた。

人びとの背後からそっと室内に足を踏み入れ、様子をうかがうと、倫子は片手で棺の縁につかまりながらも、しっかりと自分の足で立っている。遺体が見つかっただけでも彼女は幸運なのかもしれない。

わたしはほっとした。

それでも、もしや彼女が途中で倒れてはと心配するのか、すぐ後ろに萌子のすらりとした長身がある。二人の傍らにいる三人の親子は倫子たちが世話になっている親戚だろう。右手の壁際に目をやると、功が色白のヒラメ顔を殊勝に保って立っている。そして、直広青年は彼らからもっとも離れた最後列、教会の屋根の尽きたあたりに、ぽつんとたたずんでいた。具合でも悪いのか不自然なほどうなだれている。それでもわたしに気づくとうれしそうにほほえんで、深く頭を下げた。

やがて神父の説教が終わり、クリスチャンの女性ボランティアによる頌歌《オード》が響きわたった。わたしは目を閉じ、胸にしみる歌声にしばし聞き入った。が、やがてその肩をそっと叩かれた。テレビクルーの若いADだった。出発の時間が来たのだ。

わたしは直広青年の傍らに歩み寄り、合図だけして去ることにした。青年は胸の前で両手を強く組みあわせてみせた。

教会の底抜けの胴体から外に出ると、小さく固まった数人のグループが二組、三組、たたずんでいた。葬儀を待っている人らしかった。もしかしてあの小さいほうの棺の家族だろうかと思い、頭を下げたまま足早にその場をあとにした。

ある日、家族の誰かが、いきなり黒い濁流にのみ込まれ、朽ちた匂いを放つ何物かに変わり果てて荷物のように木の箱に詰められ、別れの儀式を〝順番待ち〟される。そんな人生とはいったい何なのか――。なんともいいようのない気持ちになった。

東京に戻ったわたしのもとに直広青年からメールが届いたのは、それから一週間後だった。

*　*

姜尚中先生。

無事に東京にお帰りになられましたか？　お仕事も移動もさぞかしたいへんだったのではないかとお察しします。

それにしても、あそこで先生とお会いできたとは！　気のめいることばかりでしたが、先生にお会いできたことだけはうれしいハプニングでした。しかも倫子のお父さんのお葬式にまで来てくださり、本当にありがとうございました。倫子からくれぐれも先生にお礼を言ってほしいと頼まれています。倫子だけでなく、他のみんなもどんなによろこんだことか。重ねてお礼申し上げます。

あれから一週間たちましたが、お母さんのほうはまだ見つかりません。倫子はまったく立ち直れていませんが、それでも親戚の方たちがやさしくしてくださるので、少しずつ食事もとれるようになって、今朝顔を見たら、アレ、ちょっと血の気が戻ってきたかなと思いました。先生がいらしたときは、まるで幽霊だったでしょう？　無理もないです。できるだけ力になってあげたいと思っています。

少し前まで水はないし食べ物はないし着るものもないし最悪でしたけど、少しずつ救援物資もましになってきました。

それよりも、いまはもっぱら放射能の問題です。

北の県のほうには助けが来るのに、こっちにはみんな来たがらないのです。東京の友達からも「おい直広、マジやばいから帰ってこい」ってメールをたくさんもらってます。たしかに僕だって不安がないと言ったらうそですけど、僕たち以上に外の人たちのほうが、見えない恐怖でいっぱいになっているのかなと思います。

僕はまだいるつもりですが、新学期がもうじき始まるし、あまり大勢でご厄介になっているとかえって迷惑だから、功と萌子はそろそろ帰ろうかなって言ってます。萌子が帰ってしまうのはちょっと残念だけれど、いまはそれよりも自分自身を鍛えることのほうを一生懸命考えるべきなんだろうって思っています。

先生、このあいだ少し言いましたが、僕、ライフ・セービングのボランティアをやるつもりなのです。津波にのまれた方の遺体を海から引き上げるのです。

　こっちに来てから、萌子や功たちと市やNPOの活動しているところに行って、何か手伝えることはないか探ったのですが、そのうちに水泳や潜水が本格的にできる人を探していることがわかったのです。スキューバの免許を持ってるとか、レスキューの経験がある元消防士さんとか。これってなかなか手伝える人がいないのです。こんなに寒い時期ですし。

　それだったら僕にうってつけだと思って手をあげることにしました。僕、取り柄は水泳しかないですから。車の大型免許も持ってないし、炊き出しもできません。泳ぎでお役に立てるんだったらいうことないと思ったのです。

　でも、本当の理由はそれだけではありません。「人が亡くなる」とはどういうことなのだろう、「死ぬ」って何なのだろう、もっというと、「死んだ人」って何なのだろう、生きている人とどう違うのだろう、ということをもう少しちゃんと知りたいと思ったのです。

　これは、倫子のお父さんのお葬式のときからすごく真剣に、そればかりといっていいくらい真剣に考えるようになりました。

　じつは僕、正直いってあのお葬式、耐えがたかったんです。

　なぜって、あの匂いです。

　僕は人間の遺骸があんなすごい臭気を放つとは生まれてこのかた知りませんでした。

亡くなって何日もたっているのだから当たり前と言われたらそれまでなのですが、とても耐えられなくて、ずっと下を向いていました。できるだけあの空気を吸わないようにしていました。倫子には申し訳ないけれど、一秒でも早くあの場から逃げ出したいと、それればかり考えていました。あの教会、後ろのほうが壊れて抜けていたでしょう？　だから、できるだけ後ずさって外に開けたところに位置をとって息するようにしていたんです。

ひどいヤツです、僕は。最低です。

でも、ほんとなんです。

お葬式の手伝いをしてくれたボランティアの人たちによると、倫子のお父さんは他の遺体にくらべると傷みが少なかったそうです。死化粧を施したら、顔を見てお別れができるくらいにきれいになられたのだとか。でも僕、ダメでした。顔を見るどころかほとんど目をつぶって、息も詰めて、後ろに引っ込んでしまったのです。

与次郎のときもそうでした。

でも、あのときは僕のだいじな与次郎をこの世に引き戻したい、向こうの世界なんかに取られたくないという必死の思いがありました。

しかし、今回は違いました。

両手にびっしょり汗をかいて、膝ががくがく震えて、僕がこの場を立ち去れないなら、遺体のほうに早くどこかへ行ってほしいって、神様に聞かれたらバチが当たりそうなことを、ずっと考えていたのです。その少し前まで倫子や親戚の人たちと悲しみを分かちあっていたくせに、いざとなったらこのていたらくなのですから、うわべだけのヤツと言われてもしかたがありません。

で、僕って最低だなと落ち込んでいたのですが、そんな矢先に遺体引き上げのボランティアを探していることを知ったのです。

これはぜったいやらなければいけない、やるべきだ、ここで逃げていたら自分はいつまでたってもダメだと思いました。このままじゃ、地震で亡くなった人のことだけでなく、倫子のお父さんのことだけでなく、だいじな与次郎の死の意味までわからずじまいになってしまう。そうなったら、与次郎が生きていたことの意味もわからないままになってしまうと思いました。

といっても、与次の手すら握れず、倫子のお父さんの匂いをかぐのすら耐えがたかった僕に、いまも海の底にいてもっと傷んでいる遺体を引き上げることなんてできるのか。自分でも自信がありません。

でも、やってみます。わからないことの答えをどうしても見つけたいから。僕なんかによって救われる人が少しでもいるならうれしいから。僕の助けを待っている人がいるなら、何かを捧げたいから。頑張ってみます。

先生、また聞いてください。では。

西山直広

＊

ふと窓の外に目をやると、目にしみるほど鮮やかな夕焼けが茜色《あかね》に空を染めていた。椅子の背もたれに身をうずめると、いまさらのように疲労と眠気がこみ上げてきた。わたしは右手で左肩、左手で右肩と交互に二、三度ずつ揉《も》み、立ち上がってコーヒーをいれ直した。そして、一口、二口すすり、パソコンに向かった。

＊

直広君。

連絡ありがとう。その後君たちが無事でいるか気になって、便りを待っていました。
わたしもXの惨状を見、また倫子さんのご不幸に立ちあって、ずっと「死」というものについて考えていました。そしていま君の言葉にふれて、また深く考えさせられました。

しかし直広君、君はこの間、「死」というものにずいぶん向きあうことになりましたね。わたしと初めて会ったとき、君は親友の与次郎君の死に動転し、その意味を知りたくて、わたしに手紙をくれたのでした。だいじな親友の死。青春のまっただ中に唐突に訪れた死。君は「生」と「死」が誰にとっても紙一重の隣り合わせにあることを知りました。ショックだったでしょう。しかし、君はその死の中に魂を揺さぶられるような感動――いや、感動はしてない、と言うのであれば、魂を揺さぶられるようなものと言い換えてもいい――を、やはり感じたはずです。

しかし、地震と津波によってもたらされた今回の大量の死者に対する思いは、それとは違ったのでしょう？　与次郎君が死んだときのような魂を揺さぶられるものではなかったのですね。

君は倫子さんのお父さんの遺体に生理的な嫌悪を感じたと言いました。つまり、「人」に対して抱く思いではなく、「物体」に対して抱く思いのような……。そうでしょう。しかし、君が抱いた感覚は、君だけが抱いていたわけではありません。口には出さなくても多くの人がじつはひそかに思っている、しごくもっともな感覚ですよ。

わたしの好きなドイツの作家トーマス・マンの『魔の山』の中に、主人公の祖父のお葬式の場面があります。

祖父の遺骸は美しい花にうずもれ、立派な棺の中に荘厳な姿で眠っていて、主人公ははじめおごそかな念に打たれます。ところが、ハエが飛んできて死に顔に止まるのです。死人ですから当然、追い払いません。するとハエはいい気になって、頭をふったり足をすり合わせたりする。それを見た主人公はとたんにいやになって、遺骸に対する畏敬の念などどこかへ吹き飛んでしまうのです。よくわかる心理でしょう。

直広君、君は「メメント・モリ」という言葉を知っていますか。「死を忘れるな」という意味ですが、わたしはこの戒めの言葉がこれほどまでに突き刺さるときが訪れようとは思っていませんでした。

わたしはこの言葉の意味を、十六世紀ヨーロッパの画家であるピーテル・ブリューゲルの「死の勝利」という絵を通じて知りました。そこには〝死の軍勢〟に槍《やり》で突かれ、鞭《むち》で打たれ、蹂躙《じゅうりん》される民衆の姿があふれださんばかりに描かれています。死体が山のように積みあげられているその情景は、身震いするほどわたしたちの被災地の惨状にだぶって見えます。いや、被災地の惨状のほうが絵と似通っているというべきかもしれません。あのような夥しい遺骸が、東北の海岸に山をなしたのです。まさにあの絵のとおりだったにちがいありません。

君だけではありません。いくじのないわたしもまた、それを想像しただけで身震いします。そしてそれは、君がいみじくも言ったように、すでに人ではなく、敬虔《けいけん》な思いや感傷的な思い出を寄せるにはあまりにリアルな「物体」のように思えます。

では、人は死んだらただみだらな物体になるだけなのでしょうか。いえ、やはり、そうではないでしょう。

なるほど死者の遺体は、時間がたてば腐ります。崩れます。蠟に似た黄色いチーズのような物体になったり、あるいは膨らんでガスのたまったぶよぶよの塊になり果てたりします。しかし、にもかかわらず、死者には尊厳がともなっています。なぜなら、単なる物体となり果てたその一つひとつに、死のまさに直前まで、その人だけにしかない「過去」があるからです。

そんなことを言っても死者は生き返らないし、家族や肉親の悲しみが癒されることはないと人は言うかもしれません。でも、何者によっても否定できない故人の過去こそが死者に永遠の時間を与えているのです。このことは、先にも君にお話ししたことがありましたね。

いま、わたしの窓の外には夕焼けの最後の残照が霞んで、星がまたたきはじめています。見つめていると、わたしはあの恐ろしい震災の日、救出されるのを願って海の上で星を眺めながら永遠のような時間《とき》を待ち、叶《かな》わずに去っていった人たちの思いを想像してしまうのです。

三月といえば北国はまだ冬。

凍《い》てつくような夜気の中、オリオン座の中央の三つ星は死の間際にある人たちの目にひときわ美しく輝いていたはずです。無辺の宇宙の中で、永遠の灯火《ともしび》のような星たちの軌道に胸打たれ、地球の大海原に浮かぶわが身の微小さに思いを致した人もいたのではないでしょうか。あるいは、末期のときに美しい星々を見せてくれた神に感謝した人もいるのではないでしょうか。それとも、死の恐怖にさらされた人たちの目にそんなものは入らなかったはずだと君は思いますか。自然の人間に対する仮借ない無慈悲さにただ打ちのめされ、絶望と孤独の中に浮遊していたはずだ、あるいはただ父や母、夫や妻、子供の名前を叫びつづけていたと思いますか。いやいやそうではない、死に臨んだ者の目にこそ、美しいものは曇りなく虚心に美しく映じるものだ、と思いますか。

そのいずれであったのか、あるいはそのいずれでもなかったのか、わたしにはわかりません。ただそんな想像をしてみると、死者がわたしたちにより近づいてくるように思えるのです。

直広君、君はいま自分の生理的な感覚に嫌気がさしていますが、けっして死者の尊厳を見失っているわけではありません。むしろ、それをどこかに必死で見つけようとしているのです。いや見つけかけているのです。

いま、君は死者の過去を胸に抱いて生きざるをえなくなったたくさんの人びとのために何かしたいという思いに駆られていますね。君自身がいま、与次郎君の過去を君の胸に抱いて生きているように。どうかその思いを大切にしてください。切にそう願います。

そんな苦しみも悲しみも永遠に続くことはありません。だからこそ、この一瞬、一刹《せつ》那《な》の思いを大切にしてほしいのです。

わたしがかつてだいじな人にたてつづけに先立たれ、悲しみに打ちひしがれていたときに出会った聖書の一節をここに記します。

生《うま》るるに時《とき》があり、死ぬるに時があり、
植えるに時があり、植えたものを抜くに時があり、
殺すに時があり、いやすに時があり、
こわすに時があり、建てるに時があり、
泣くに時があり、笑うに時があり、
悲しむに時があり、踊るに時があり……　（伝道の書）

どうかくれぐれも身体に気をつけて。
君がいま被災地で何をしようとしているのか、見守っています。

姜尚中

三　海女

三月末に青年と別れてから、はや一ヶ月以上が過ぎていた。

入学式、引き継ぎ、授業の編成、人事的なこと……。四月は大学勤務がそれでなくても忙しいうえ、震災以後、テレビや新聞、雑誌など各メディアでの仕事が次々に舞い込み、椅子をあたためる暇もなかった。

しかし、わたしのほうはそうであったにしても、青年のほうからも何も便りがないのはなぜだろう。メールも郵便もファックスも毎日チェックしているつもりだが、もしかしたら多忙に紛れて見落としてしまったかもしれない。そうだったらどんなにか落胆しているだろう。もしかしたら、迷惑メールと間違って捨ててしまったかも……。

そんなことを考えはじめたら、元来の心配性も手伝って、いてもたってもいられなくなった。

時計を見ると、午後二時四十五分。

──会議は三時からだったな。念のためもう一度確認するか。

すぐさまメールソフトを開き、二〇一一年三月の日付けからスクロールしていく。ない。やっぱり来ていない。

わたしは自分の落ち度でないことに小さくホッとし、念のため、たまりっぱなしになっているゴミ箱フォルダを開いた。すると……、あった。ズラズラと並んだダイレクトメールの類《たぐい》に紛れて、四月五日に「西山より先生へ」という表題で、青年からの往信が一通挟まっていた。

──おかしいな、なぜ捨てた？

理由はすぐにわかった。差出人の名前が「rinko-a」になっているのだ。おそらく、パソコンかメールの環境になんらかのトラブルがあって、倫子のアドレスを借りたのだろう。しかし、わたしは覚えのない差出人のものは開かないことにしているから、つい削除してしまったのだ。申し訳ないことをした。

さいわい中味を読んでみると、それほど重要な内容でもなく、青年にしては短い文面だった。おそらく他人のパソコンを拝借しているから、立ち入ったことは書きたくなかったのだろう。

メールには「先生、ご無沙汰しています、自分のパソコンが壊れてしまったから、倫子のを借りて書いています、とくに病気もせず元気です、ライフ・セービングのボランティアのほうは、まず水没家屋のかたづけ、汚泥のかきだしといった簡単な手伝いから始めました、明日から本格的に遺体捜索の作業に入ります」とあった。そして、最後に「またご連絡します」と結ばれていた。

もう一度時計を見ると、三時五分前。

わたしは大急ぎで「倫子さんへ、直広君に伝えて」とタイトルして、もらったアドレスに短い文面を返信した。

＊

直広君。

君が四月初旬にくれたメール、君とは気づかずに捨ててしまっていたのに、いまようやく気がつきました。まことに申し訳なかった。その後君のパソコンが使える状態になったのかどうかわからないけれど、倫子さんのこのアドレスに君へのお詫《わ》びだけ返信しておきます。

無事だね？　元気だね？　しばらく便りがないから、気になってました。何かあったらきっと連絡してくれたまえよ。では。取り急ぎ。

姜尚中

＊

わたしの返信を倫子が伝えてくれたのだろう。その日の夜、さっそく直広青年からメールが来た。たてつづけに二通、長い音信が届いた。

＊

姜尚中先生。

ご無沙汰いたしました。お変わりありませんか。こないだのメールは倫子ので出しちゃったのでたぶん気づいてくださらなかったんだろうと思ってました。まぎらわしいことをして、かえって申し訳ありませんでした。僕のパソコン、持ち歩いてさんざん手荒に扱ったせいかハードディスクが壊れちゃって、でもこういう状況なので修理もすぐにできなくて、なんとか町への便にのせてもらって、三日前にようやく直ってきたところなんです。心配していただいてたのですね。ありがとうございます。

でも、ご無沙汰してしまったのは、機械の故障のせいだけじゃないんです。

あれから先生がテレビや雑誌にお出になっているの、何度か拝見しました。そのたびに懐かしくて、何度もメール――あ、メールは出せないのでした――、ファックスでも手紙でもいいからさしあげたいと思ったんです。でも、いまはまだやめとこうって。といいながら、こうやってご連絡をいただいたとたん、返信しちゃってるのですから、しかたがないのですけど……。

じつは、始めた遺体引き上げのボランティア、想像していた以上にきつくて、精神的に耐えがたくて、じつのところ、かなりまいりました。

僕は明らかに甘く考えていました。初めて水死の遺体を見たとき、ショックで凍りつきました。グズグズに崩れた皮膚、眼のくぼみや歯がずらっと露出した顔、そこにドロッとはりついているまばらな髪の毛、耐えがたい匂い……。

僕は震えが止まらなくなって、トイレに駆け込む間もなく吐きました。その後も食欲がまったくなくなって、食べると吐いてしまう状態が何日も続きました。

それからも、ものを食べようと思ったら吐き気がするし、少し食べれたと思ったら下痢するし、夜は恐ろしい顔がちらついて寝られないし、倫子から「直君のほうがすごい顔になってるよ」って言われるくらいゲッソリしてしまって……。

そのうちに、グループのリーダー格の人に、「少し休んだらどうかな」って言われたのです。その方、「あのね、西山君、これは消防士とか海上自衛隊の人とかがお金をもらってやる職業とは違うんだよ。重要なのは気持ちなのであって、自分の身を削ってまでやることではないんだ。だから、けっして無理しなくていい。自分には無理だと思ったら、遠慮なくやめていいからね」と、やさしく言ってくださったのです。

でも、そう言っていただいて、逆に元気が出ました。僕、こういうボランティアをやる以上は何が何でもお役に立たなくてはいけないと、自分にプレッシャーをかけていたのです。だから、無理だったらやめていい、それでいいんだと思ったとたん、スーッと気持ちが軽くなりました。もちろん、恐い気持ちがなくなったわけではありませんが、その方の言葉のおかげで、なんとかやれるようになったのです。

先生、このお手伝いをしてみて、僕、いままでの人生観が変わるくらい、いろんなことを知りました。

あまり快くないかもしれませんが、いちばん忘れられない経験のこと、お話ししますね。始めて間もなく出会った遺体の話です。

町の北のほうに小さな湾があって、カキとホタテの養殖をしているんですけど、そのいかだにひっかかった水死体が一体あったのです。

本当に、見るも無残な状態でした。

養殖いかだって、綱が何本も水面下に垂れさがっているのですけど、その遺体、流されてきて、身体じゅうにそのロープが巻きついて、はずれなくなったのです。で、その状態のまま水流の中でさんざんかき回されたから、首と上半身と下半身と腕と脚と、それぞれ何回転もして、ぜんぶがあっちこっちを向いているような状態になっていたのです。ばらばらにちぎれなかったのが不思議なくらい。そこで僕たち、それ以上損壊しないように用心しながら綱を全部切って、いかだから離したんですけれども、内臓は破裂して全部流れちゃっていますし、目玉も両方なくなっているし、ひどい状態で……。で、そのあと僕、遺体安置所に行く用事がありまして、ちょうどその遺体の奥さんとお子さんがおいでになっているのを見かけたんです。お子さんは当然、そこにお父さんが寝てると思いますね。で、「お父さん、お父さん！」って駆けよっていこうとしたんです。そしたらお母さんが、「見ちゃダメ！」ってすごい形相でお子さんを押さえて。それだけならまだしかたがないのですけど、お母さん自身もまともに旦那さんに向きあおうとされなくて、とても嫌な顔をなさって、こんなの見たくなかった、見つからないほうがよかったって……。

無理もないかもしれません。でも、僕、とても寂しくなったのです。たしかに変わり果てた姿ではありましたけれど、遺体ってそんなにけがらわしいものかな、もし見ないほうがいいようなものなら、それを引き上げている僕たちがやっていることはいったい何なんだって考え込んでしまったんです。

それまで僕、つらいけれども、恐いけれども、みなさんのためになることをしていると思ってたんです。それが僕にとっての唯一の気持ちの支えになっていたのです。それは疑いがなかったのです。でも、ご遺族がそんなもの引き上げなくていい、見つけてくれなくていいって言うんだったら……、なんだかわからなくなりますよね。自分の信念みたいなものが揺らいでしまいました。

そう思ったときも、すぐに先生に聞きたかったのですけど、いつまでも甘えていちゃダメだ、たまには自分で考えろって一生懸命考えて、三日ぐらい考えたでしょうか。考えつづけてたら、作業している途中に、「あ、そうか」と気づいたのです。

はっきりした答えではないんですが、ばかみたいなことなんですけど、僕、そのご家族の態度、まるでこないだまでの僕じゃないかって気づいたのです。与次郎の遺体を触れなかった、倫子のお父さんの遺体の匂いが我慢できなくて逃げ出そうとしていた僕そのものじゃないかって気づいたんです。

ばかですね。

そして、いまの僕はどんなに傷んだ遺体でも、どんなに恐ろしい姿になっていても、だいじにしなくちゃいけないって思うんです。僕、いつのまにか前より成長したのかなと、われながらそのとき初めて気づいたんです。いつのまにか、かつての僕みたいな人に対して、どうかお願いします、ご遺体だいじにしてあげてください、愛する人じゃないですかって思うようになっていたのです。そう思うようになったのは、僕自身の「死」に対する考え方が変化したということですよね。

それで、ちょっとうれしくなったのです。どんな考え方がどういうふうに変わったのか、それはよくわかりません。うまく説明できません。でも、なにがしか変わったと思います。そう思ったら、やっぱりやってよかったと思えました。

先生、久しぶりにお便りしたら、やっぱり言いたいことがたまってたらしいです。またとてつもなく長くなりつつありますから、ちょっと切りますね。

少し整理して、また出します。では！

西山直広

＊

青年の言葉にわたしはほほえみながら涙ぐんでいた。その目の前に、ぽん、と、小さな音がして、二通目のメールが来た。

わたしはすぐに開封した。

＊

姜先生。

たてつづけにすみません。

もう一つだけどうしても言いたいことがあるので、続けて書きます。あとちょっとつきあってください。

僕、昨日の夜、不思議な夢を見たんです。それは僕が初めて引き上げた方たちに関係するんですが、その方たちが……いや、その方たちなのかな？　とにかく夢に出てきたのです。

今回の津波、何万という方が波にさらわれましたから、海に潜ったらどんどん遺体が見つかるように思っていらっしゃる方が多いのですが、そんなことはなくて、毎日潜って捜してもそう簡単に見つかるものではありません。僕たちのグループでも、だいたい一人が一ヶ月に数人見つけられるかどうかです。僕も、四月半ばから今日まで一ヶ月以上捜索していますが、見つけられたのはたった四人です。少ないでしょう？　でもそんなものなのです。

で、水死体というのは時間がたてばたつほど見つかりにくくなります。なぜなら――、これも「自然の摂理」として僕が今回学んだことなのですが、人間も動物の餌になるからです。

僕たちが考える「食物連鎖」の中では、人間だけがはずれて特別なように見えますが、そんなことはなくて、自然界の中では人間もしっかり動物に食われます。水死した方は最初は肉の部分が腐乱してゴムマリみたいに膨らんで浮きあがってきますが、魚に食われて肉がなくなると、重い骨だけになって沈みます。そうなると永遠に見つけられなくなるのです。だからできるだけ早く見つけないといけないんです。

って前置きが長くなりましたけど、そんなわけで、一人でたてつづけに何体も発見するようなことはまずないのですが、四月の終わりごろだったでしょうか、僕、同じ日に三体も見つけたのです。こんなことはめったになくて、手伝ってくれたメンバーもみんな珍しいって不思議がってました。

場所は立入禁止になっている海域にわりと近いあたりで、松林があって、きれいな砂浜があります。もっともいまは漂着物でゴミ捨て場みたいになっていますが、サーフィンマニアの僕からすると、ちょっといい波も来る魅力的な海岸で、こちらに来てからときどきぶらっと散歩に行っていたのです。そしたら、ちょっと気になる場所を見つけました。それはその砂浜が尽きたところで、海岸線が湾曲して崖が突き出して水深が深くなっているのです。崖といっても海面から六、七メートルくらいで、その上はガードレールを打った県道なんですけど、僕そこが気になって、道路の上から何度も水底を覗き込んでみました。というのも、そこ海流が打ち寄せられる潮だまりになっているんです。で、虫が知らせるっていうんでしょうか、カンですけど……、潜ってみることにしたのです。

そしたら、見つけたんです。

きっと潮に押されて集まってきたんでしょう、そう離れていない地点から三体。小学生くらいの男の子と、中年くらいの男性と、最後に女性でした。

最初に見つかった子供は不思議なくらいきれいでした。といっても腐って膨らんではいるのですが、たぶんもともとあまり肉のない華奢《きゃしゃ》な身体だったのではないでしょうか。これといって欠けたところもなく、皮膚も残っていました。それどころか、かわいらしい子だったんだろうなと思わせるものがあって、胸が痛くなりました。生きていれば毎日学校に通って、サッカーして野球して、夏は海水浴して元気に遊んでいたのだろうに、こんな子がいったい何の罪があって死なないといけなかったのか、腹立たしくなりました。そして、こんなに無意味に生命を奪われるのなら、生まれてくる必要もなかったじゃないかって。そうです、かつて与次郎が死んだときと同じような憤りを、僕は感じたのです。引き上げた遺体が若い方だと、とくに「無意味な死」という言葉が浮かんできます。

続いて中年の男性の遺体は……、言うのもつらいんですが、頭と片足がありませんでした。

でも、残った部分は不思議に整っていて、白いワイシャツとズボンを身につけていて、ベルトもしていました。もし首が残っていたら、眼鏡をかけてて、ネクタイもしていたのではないかなどと想像すると、僕は腐敗しきった遺体よりもはるかに恐ろしかった。腰が抜けるほど恐かったです。

失われた部分を見つけるために、仲間と手分けして付近の海底を洗いざらい捜しました。丸二日かけて捜しました。でも見つかりませんでした。

そして、三番目の女性は……、「女性」というのは髪が長いからわかっただけで、それ以外からは判定できないくらい白骨化していました。

水深が深くなっていて、フジツボのついたタコツボとか漁網みたいなものが沈んでいるところがあって、それに引っかかるようにして沈んでいました。髪の毛が海草のように広がってゆらりゆらりと揺らめいていて、恐いんだけれどどこか神秘的でもあるような、そんな感じがしました。たぶんいちばん先にこの方だけ見つけていたら、やっぱり震えあがったと思いますが、そのすぐ前に二人も見つけていたので感覚が鈍っていたのかもしれません。

それから一ヶ月たって、この日のことは忘れかけていたのですが、昨日、彼らが夢に出てきたのです。

夢の中で、彼らは三人家族でした。

いや、僕が勝手に家族だと思っただけかもしれませんが、そんな感じなんです。

ワイシャツにネクタイを締めた小太りの中年男性が椅子に腰かけていて、足を組んで新聞を読んでいます。その足元にぺたりと座り込んで、鉄道模型で遊んでいる男の子がいて、そのまわりを、女の人が長い髪を海草みたいに揺らめかせながら、ふわりふわりと遊泳しているんです。白装束みたいなものをまとってて、タコツボを片腕に抱いてて、海女《あま》みたいでもありヴィーナスみたいでもあるんです。

泳いでいる……んですから、海底なんでしょう、きっと。

で、その三人、思い出したようにときどき顔を合わせて何かしゃべっているのですが……、その中年の男の人がふとこちらを向いたら、功なんです。で、その彼に髪の長い女の人が後ろからくるっとまとわりつきました。顔に海草みたいに長い髪がからみついて、それを指でかきあげたら、倫子なんです。

そして、彼らの足元に座っている子供――が、プラスチックの電車の模型を手に持ったままこちらを見たら、なんと、萌子なんです。

僕はびっくりして、

「ワッ！　萌子、どうしてここに」

って思わず叫んで駆けつけて——、っていうよりも身体に抵抗があって、足がもつれて前に進めなくて、泳いで近よったのかもしれないんですけど、鉄道模型を握っているその小さな手を取って引きよせたら、萌子、丸いおでこの下から大きな目で僕を見つめて、「直広、生きろ」って言ったんです。

その声が、あの甲高い与次郎の声なんです。僕びっくりして手を離して、

「与次郎か？　おまえ与次郎なのか？」

って聞いたら、萌子、表情も変えずに口だけ動かして、また与次郎の声で言ったんです。

「直広、せっかく生きてるんだから、好きな人いるんだったら——告《こく》れ」

もう僕、心臓が止まるくらいびっくりして、そこでガバッと目が覚めたんです。ふとんに起き直って、いまのなんだったんだろうってしばらく考えました。で、与次郎とか倫子とかってことは別にして、そのとき気がついたのです。そうか、彼ら三人家族だったのじゃなかろうかって。引き上げるときに無意識のうちにそういうふうに感じたから、いまそんな夢になって現れたのじゃなかろうかって。だから、今日ボランティアの詰所に行ったとき、仲間に「あれ、きっと家族だよね」と言ってみたんです。そしたら、家族全員があんなに近くで見つかるのはかえって不自然だ。それに、腐敗の進行もかなり違う。いろんなところで流された関係ない人が、潮

の流れで吹きだまりに押し寄せられてきたって考えるほうが自然だよ、と一蹴されました。

でも僕は自分の推測をひっこめたくありませんでした。だって、津波で流された家族が、海の中でしっかりと抱きあって、命尽きるまで手をつないでいたら、近い場所に沈むんじゃないでしょうか。

どうしても気になったから、夕方、遺体安置所の手伝いをしている人に、あの日の遺体の身元わかった？と訊ねてみました。そしたら、大人二人はわかったけど、子供は身元不明で終わったとのことでした。大人二人は夫婦？って聞いたら、無関係だって。ちょっとがっかりしました。

こんな夢です。先生、どうでしょう。なにか意味がありそうですか？

では、またお便りします。どうかお元気で。

西山直広

＊

青年の話は意味深長だった。頭に浮かぶその情景は、不気味でもあり、美しくもあり、恐ろしくもあった。そして、妙にリアルだった。

ふいにわたしは青年は余りにも素直で純粋なため、何かに取り憑かれようとしているのではないかとも思った。何か名状しがたいものをみずから呼び込んでしまって、そして……。

引き上げるのではなく、引き込まれていくような――。

薄暗い海底を、青年がゆっくりと水をかきながら進んでいる。揺れる黒い足ひれ、間歇《かんけつ》的に湧きあがる呼吸の気泡。やがてその身体が大きくターンして、わたしに気づき、きれいな歯並びでにっこり笑う。その背後に、なにかモヤモヤした黒っぽいものが動いている。わたしは驚いて青年に合図するが、青年は気づかず、無邪気に手をふっている――。

わたしはそこでハッとわれに返った。

無邪気な青年が、それと知らずに暗い闇の中に引きずり込まれていくような気がして、わたしは一瞬、身震いした。

不吉な絵を払いのけ、わたしは青年の無事を祈った。もうこれ以上、悲劇は起きてほしくないと願わずにはいられなかったのである。

四　看取り

六月も中旬に入り、雨模様の日が多くなった。

窓を叩く雨がガラスに斜めの縞《しま》模様を作り、向かいの建物の輪郭を歪めている。まだ四時にもならないのに、夕方のように暗い。窓辺に立って見下ろすと、鈍《にび》色の空気の中に植え込みのあじさいの青紫があざやかに浮き立っている。その脇を、ときおり女学生の華やかな色の傘がくるくると通り過ぎていく。

そういえば、朝のニュースで、関東地方の梅雨入りを告げていた。

「これからしばらく、憂鬱な天気になるな」

わたしはつぶやき、東北も雨かしら——と、青年のことを思った。

あれから二週間。そろそろ何か言ってきそうなものだがと思いながらパソコンを立ち上げると、来ている。わたしは真っ先にそれを選択した。

損傷した遺体と向きあい、精神的にかなり参っているふうだった。その後どうなっただろう。

わたしはさっそく読みはじめた。

＊

姜尚中先生。

少しご無沙汰しました。お元気ですか？　お変わりありませんか？　関東地方は梅雨入りしたそうですね。こちらは今日は曇りですが、東京は雨ですか？

このあいだメールをお出ししたときは、正直、かなりまいっていたのですが、あのときよりは精神的にちょっと落ち着いてきたかなという実感があります。

というのも、少し気持ちの転機になる出来事があったのです。

先月の下旬に、一体の男性の遺体を引き上げたときのことです。

もう震災から二ヶ月以上たっていましたから、きれいな状態で発見されることはなくて、その方もかろうじて五体が揃っているだけの無残な状態だったのですが、たまたまそのあと遺体安置所に行ったら、行方不明のご家族を捜している女性の方がおいでになっていたんです。

その方、遺体をためつすがめつご覧になってたのですけど、しばらくして、急に何かにびくっとしたようなそぶりをされて、崩れるようにその遺体に抱きつきました。そして、「お帰り、お帰り、お帰りなさい」って号泣されたんです。あとで警察の方に聞いたら「結婚指輪」でわかったのだそうです。

奥さんだったんです。

前に遺体を子供にも見せない、ご自分も見ようともしない方がいるってお話ししましたよね？　あのときは「引き上げないほうがよかったのだろうか」と気持ちが揺れましたけれど、こうやって遺体に取りすがって「お帰り」ってよろこんでくださるのを見たら、やっぱりこれでよかったんだってものすごく勇気をもらいました。スイッチが入りました。自信をいただきました。もともと人からの感謝を期待して始めたわけではないけれど、よろこんでもらえたらやっぱりうれしい。僕のほうが元気をいただきました。

遺体の男性とその女性の方にお礼を言いたいくらいです。

先生、僕、このボランティアを始めるとき、「死」の意味を見つけるために行ってきますって言いました。「死って何？」の意味を見つけに行ってきますって言いましたよね？　その意味、僕はいま、半分わかったような気がしているんです。

うまく言えないんですけど、「死」って結局、「生」を輝かせてくれるものじゃないでしょうか。先生は「死」の中にはその人の人生の「記憶」があり、その人の「過去」があるっておっしゃいました。だから「死」によってその人は永遠になるって。僕はそれと同じことを言っているのかどうか確信がないのですが、遺体を一つひとつ引き上げて、一人ひとりの死と向きあっているうちに、とにかく、僕、「自分、生きなきゃいけない」ってすごく思うようになったのです。

生きなきゃいけない。

そして、せっかくこうして生きているのだから、無駄に生きちゃいけない、やりたいことはやるべきだって思うようになったのです。

これ、先生がおっしゃったことと通じていますか。

亡くなった方に接するたびに、その方たち一人ひとりの「思い」をもらって、こうして生きている自分の「生きる力」として生かさなきゃと思うようになったのです。

まだ自分の中でも完全に整理はできていませんが、それが、いまのところ僕がこのボランティアにかかわって得たことです。そのことがわかっただけでも、頑張ってよかったです。それが、半分わかったことです。

でも、それでいて半分、どうしても釈然としないことがあるんです。

それは、この僕がやったことは、みなさんにとってはいったい何だったのかということです。僕のやったことにはどんな意味があって、みなさんのどんな役に立ったのか。

先生、先生なら僕の言いたいことときっとわかっていただけますよね。それとも、僕、変なこと言っているでしょうか？

僕はもともとこのボランティアはライフ・セービングの延長だと思って始めたのです。でも、やってみたら明らかに違いました。というのも、ライフ・セービングはもともと亡くなった方を捜すのが目的じゃありません。あくまでも生きている方を救助するための活動です。ですから「ライフ（命）」を「セーブ（救う）」するという。でも、このボランティアが救助するのは、明らかに「ライフ」ではありません。では、僕はいったい何を救ったのでしょうか。

何かお考えがあったら教えてください。お願いします。

先生、いろんな勉強をさせてもらったこのボランティアも、今月いっぱいで終わりです。いちばんの理由は、震災から三ヶ月たってさすがに遺体が上がらなくなったことです。でも、それ以外の理由もあります。今度の震災では、行方不明のご家族に対して、三ヶ月を目安に死亡届を出すというガイドラインが設けられました。で、死亡届を出さないと、お金の問題やいろいろな措置とかが受けられないのですけど、僕たちがいると遺族の方、いつまでも届けを出さないで期待して待ってしまうのだそうです。踏ん切りがつかないのだそうです。

僕はいままで希望があることが希望だと思っていたのですが、「希望」があることが残酷になることもあるんですね。希望が人を傷つけたり、人を苦しめたりすることもあるんですね。

残っている時間はあとわずかですが、そのときまでできる限りいろんなことを考え、いろんな発見をしたいと思います。

もう少しだからこそ、頑張ります。

あと、先生。僕、依然として吐き気がしたり、不眠やめまいなどの症状が続いていて、お医者さんにみてもらったら、一種のメンタルな病気だから薬を飲みなさいって精神安定剤を処方されました。PTSD(心的外傷後ストレス障害)って、先生もご存じですよね。

でも、僕は薬を飲むことに抵抗があるんです。たしかにこのボランティアは僕の精神にダメージを与えました。でも同時に、僕はものすごくたくさんのことを学び、ものすごくたくさんのものをもらいました。それを薬で治しちゃったら、せっかくの経験を否定してしまうような気がするんです。薬を使えば、僕が遺体を引き上げたことが何かやましいことになってしまうし、それは遺体の、そして「死」の尊厳を傷つけてしまいそうで……。そうすれば、亡くなった方々の「生」を否定してしまうように思えて。せっかく「死」は穢《けが》れたものでも忌むべきものでもなく、「生」を輝かせてくれるものだと気づいたのに――。

だから、薬は飲まないで頑張ることにしました。正直、いまでもつらい日はありますけれど、でもそういう症状も、少しずつですけど、自分の力で何とかできるようになりつつある気がします。僕もだいぶんずぶとくなってきましたよ！
では、先生、返信お待ちします。

西山直広

＊

窓外を見やると、相変わらずの細い雨が窓ガラスを叩いていた。わたしはうつむいて眼鏡をはずした。なんだか涙もろくなっていると思った。
そして、冷え切った空気に気づいて、いまさらのように暖房のスイッチを入れた。首を二度ほどこきこきと左右し、パソコンに向かった。

＊

直広君。
君からの便りを読んで、思わず涙が出ました。君はかつて自分は腰抜けだ、情けない恐がりだと言っていたけれども、どうしてどうして勇敢だよ。

君はまだ二十歳を超えたばかり。わたしは還暦を過ぎ、君の三倍も生きています。でも、そんなに長く生きていても、君と同じ現場に立たされたら、全身が震えて動けなくなったのではないかと思います。腰を抜かしたかもしれない。海に入ることすらできなかったかもしれない。それを若い君が成し遂げているのですから、心から敬意を表したいです。

三ヶ月の活動の中で、君は多くのものを得ました。三ヶ月前の倫子さんのお父さんのお葬式の日、君は人の「死」に尊厳が感じられない、意味がわからない、「死」っていったい何なのかと言いました。それに対してわたしは——あまり上手な答えにはなっていなかったけれども——、一つひとつの遺体にそれぞれ見えない記憶がある、だから尊いのだというようなことを言ったと思います。おそらくいま君は、わたしの下手な説明通り、見も知らぬ一つひとつの遺体それぞれに、その向こう側にある見えない記憶を見、見えない物語を感じるようになっていると思います。

君はさっき、死は生を輝かせる、死は「生きろ」というメッセージを自分に与えてくれるものだと言いました。それはわたしが言ったことと表裏一体です。同じことです。君は頭の知識ではなく、なまの経験からそれを悟ったのですね。

君がX市で一人ひとりの死と向かいあっている間、わたしは東京で毎日テレビや新聞から流れてくる無意味で無味乾燥でカサカサと乾いた何万もの死と向かいあっていました。それは君が体得したようななまの実感ではなく、まことに抽象的な、紙に描いた絵のような死です。

どういうことだと思いますか？

それは「数字」です。

死者・行方不明者三千人、五千人、七千人、一万人……。大地震と大津波によってもたらされたたくさんの死は、被災地から離れた人には実感をともなったリアルな死ではなく、ただ統計的な、無味乾燥な「数字のうえの死」に置き換えられてしまったのです。

直広君。

メディアで報じられる被災地の映像を見て、君は気づいていますか。

テレビの画面にも、新聞や雑誌の写真にも、具体的な死者の写真は一つも写っていません。だから、君たちと違って、現場から離れたところにいるわたしたちは、隠蔽された死、あるいはきれいに消毒された上澄みの死だけしか見ていないのですよ。そんなものにどうして哀悼の念や畏敬の念を感じられるでしょうか。どうして涙を流したり、あるいは目を背けたりするでしょうか。

その結果、わたしたちはもはや五千人の死も一万人の死もまったく同じにしか思えなくなっています。増えていく数の違いにも見向きもしなくなっています。これこそまさに、直広君、君が最初のころにさかんに言っていた「無意味な死」というものではないでしょうか。

じっさいには、そうではないはずなのです。

五千人の死と、五千一人の死はたった一人の違いかもしれませんが、両者の間には雲泥の違いがあります。そう思えなければ、死者の尊厳などどこにもないことになります。死者を統計的な数字に置き換えることは、じつは両者の違いを掻《か》き消し、生だけに満たされた元の世界に戻るためではないかと思ったりします。

わたしたちはテレビの画面で何度も何度もいやというほど荒々しく牙をむく津波の映像を見せられながら、じつは一人ひとりの死の重さとは向きあっていませんでした。奇妙なことに、死者や行方不明者の数が増えるほどに、わたしたちの感性は逆に麻痺《まひ》して、死のリアルから遠ざかっていったように思います。

被災地から遠く離れたわたしたちは、君が恐れ、ときに嘔吐《おうと》し、ときに不眠に悩まされたような、重く、湿った、腐乱した遺体の質感を感じることはありません。匂いをかぐこともありません。ことほどさように、わたしたちの社会では死はすぐに覆い隠されるのです。でもわたしはときには現実を見る必要があると思います。ときによっては君が見たような腐ってちぎれた遺体を見、それを悼み、恐怖し、さまざまなことを考える必要があると思います。

わたしたちは亡くなった人びとの無念な思いに応えるのに十分なほど悲しんでいるでしょうか。悲しんでいないと思います。おそらく、テレビから流れるそれらしい映像を眺めておなか一杯になっているだけです。新聞に刻まれている数字を数えて死を理解した気分になっているだけです。そうではないでしょうか。いまのメディアにはうわついた言葉だけが踊っている気がします。そして、そのような上澄みだけの死はすぐに忘れ去られると思います。このままいくと何万の犠牲者が人びとから忘れ去られるのは案外早いのではないかとわたしは恐れています。

この活動によって君は精神的にかなりダメージを受けたようです。当然だと思います。なんとなれば、君が取り組んだことはそうなって当然であるほど重いことだからです。たくさんの遺体に対面すればするほど、その死の重みは君の身一つにかかってきます。それは一人の人間にとってはとても背負いきれない重量オーバーの負担かもしれない。でも、それを背負いきれないと感じるのは、君の中に人の生と死、その意味についての素晴らしい精神の覚醒があったからです。それゆえにこそです。

素晴らしいことですよ。

今回もわたしへの質問がありましたね。君は「僕がやったことは、本当に人びとを救うことだったのだろうか、僕は何を救ったのだろうか」と。君は「ライフ・セービング」のつもりでボランティアを始めた。しかし、実際にやっていることはちっとも命を救うことになっていなかった。引き上げるのは「死者」ばかりであり、そして、ときには必死でやってもよろこばれないことすらあった。つまり、自分のやったことは「デス・セービング」ではなかったかと。そう言いたいのではありませんか。

その通りです。ある意味その通りです。君は命を救っているのではなく、死を発見し、死を引き上げただけかもしれません。しかし、そこにこそ意味があるのです。

デス・セービングとは何なのか、わたしは考えてみました。

われわれは普段から「命は尊い」とか「人生を大切にせよ」とか「生」ばかりを称揚します。そして「死」は忌むべきこととして遠ざけます。しかし、先に「メメント・モリ」という言葉をあげたように、「死」の意味を見出さなければ、「生」の意味もまた見出しえないのです。死を隠蔽し、この世の片隅に追いやって「生」だけを謳歌《おうか》することなどできないのです。だからこそいま、わたしたちは「ライフ」だけでなく「デス」もすくい上げる必要があるのではないでしょうか。まさに君が海の底からいくつもの耐えがたい「死」を拾い上げたように。

君がやったことは生にとって意味のないことではけっしてありません。そんなはずがありません。そうではなく、君は人が「生きた」という人生の証《あかし》をはっきりさせるための〝ピリオド〟を打つ仕事をしたのです。君は人の魂の〝看取り〟をする仕事に取り組んだのですよ。君がそれをやったからこそ、君が見つけた遺骸は単なる物体でなくなったのです。単なる死者でなくなったのです。生き生きとした、輝くような過去を持った永遠の人になったのです。

君の取り組みを見て、わたしは改めて死は生の中にくるまれて存在していることを実感しました。死と隣り合わせ、死と表裏一体でつながっているからこそ、生は輝き、意味のあるものになる。そのことを改めて感じました。

死の中に生が含まれている。

生の中に死がくるみこまれている。

それは矛盾ではありません。それが人間というものの尊厳を形成しているのです。もう少し言えば、それは信仰や宗教にきわめて近いことではないかと思います。今回の惨事は大量の犠牲者を出し、また大量の精神不安を生み出しましたが、残念ながらこの国のさまざまな宗教がそうしたものを救うようすがになれているとはいいがたいと思います。

しかし、しっかりとした信仰を持っているわけでもないのに、君は、生と死のちぎれた円環をみごとにつないでみせました。それは、まさに宗教的といえる行いだったのではないでしょうか。

直広君、君はわたしにそんないろいろなことを気づかせてくれました。

改めてお礼を言います。

いつこちらに帰ってきますか。

帰ってきたらぜひお目にかかりたいですね。連絡してください。

姜尚中

第四章

親和力ふたたび

一劇

「先生、中断していた演劇部の活動、再開することになったんです。……」

そんな書き出しで始まるメールが青年から届いたのは、八月の第二週のことだった。

震災直後のパニックはいちおう一服したものの、巷《ちまた》に流れている空気は依然として落ち着かない。

「節電」の合言葉にみなが右へならえして、駅もスーパーもコンビニもみな薄暗い。大学も照明、エアコンまで半分程度に落としているから、老朽化した建物の西日の射す部屋などは耐えがたい酷暑だ。わたしの〝城〟はそこまでではないが、蒸し暑さは避けがたく、原稿の締め切りに追われている身なれば、なおさら涼しい避暑地へでも逃げ出してしまいたくなる。

それでもわたしが逃亡をくわだてないで〝城〟にせっせと通いつづけていたのは、大学が夏休みで、しかもその週がお盆だったからだ。

わたしは人気のとだえた〝離れ小島〟での籠城をますます好むようになった。そのようなわけで、暗いご時世を嘆じながらも一種の孤独の楽しみを味わっていたら、青年から活動再開の知らせが来たのだった。

——芝居か。それはいいな。

わたしは思わず頬がゆるんだ。こんなときは、ナイマンの「楽しみを希《ねが》う心」でも聴いていたい。iPhone を操作し、軽やかな曲の始まりを聴きながら、わたしは青年の言葉を追いはじめた。

＊

……そろそろ始めようよって言い出したのは萌子で、なぜかというと、僕の後遺症を心配してくれたのです。

前にもご相談しましたけれど、水死の方たちとたくさん接したせいで、僕、吐き気がしたりめまいがしたり、夜寝られなかったりの症状が続いていて、しかも、向こうにいたときよりもこちらに戻ってきてからのほうが悪くなったのです。不思議ですけど、シヨックの後遺症ってそういうものらしいです。

サーフィンで海に入ったとき、流木やビニール袋が浮いていると人に見えたり、波を眺めながらハッと気づくと遺体を捜している気分になっていたり、僕、なんで帰ってきたんだろう、もっと捜すべきだったんじゃないかとふさぎこんだり。フラッシュバックといって、目の前に恐怖の瞬間が戻ってきたりもします。

僕にとって海はこの世でいちばんの友達だったのに、あまり楽しくない場所になってしまいました。そのことがなによりも悲しくて、残念で、どん底みたいに暗くなりました。もう昔みたいに海に夢中になることはできないのだと思ったら、大げさかもしれませんが、これから何を生き甲斐にしていけばいいのかわからなくなったりして……。そしたら萌子が「直君、私たち、芝居やりましょう」と言い出したのです。

萌子、最初はごはん食べにいこうとか飲みにいこうとか、そういうことに誘ってくれてたんです。でも、「直君の病気を治すためには、楽しいことして気を紛らわしたり、考えないようにしてたんじゃダメだってわかった」って。それじゃいつまでたってもよくならない。避けずにちゃんと向きあって、根本的に克服する方法を考えなくちゃいけないと。

そして、大きな瞳を輝かせながら言いました。

「直君が経験してきたこと、私にぜんぶ話してちょうだい。私、それをもとに作品作る。直君はそれを演じて、語ることによって心を解き放っていくの。そこには治癒効果があるから、かならず心の傷も癒えるわ」

これ、「昇華《カタルシス》」というのだそうです。萌子、カタルシス、カタルシスって連発していました。いったん言い出したら譲らない女王様ですから、僕も萌子の言うことを信じて、ぜんぶ話すことにしました。

僕のためだけじゃなくて、倫子のためもあったと思います。倫子のお母さん、けっきょく行方不明のまま見つからなかったんです。倫子、七月に死亡届を出して、遺産相続とか——遺産なんて、言葉を聞いただけで尻込みしちゃいますけど——、そういう現実的なこともいろいろ整理して、今月初めにやっとこちらへ戻ってきたんです。

僕が想像するに、萌子はカンが鋭い子ですから、震災が起こったあとすぐ震災をテーマにした芝居をやりたいと考えたのではないかと思うんです。しかし、倫子への遠慮があって、言い出さなかった。内容によっては倫子の傷を広げるかもしれないし、倫子自身がどのみち参加できません。でも倫子なしでは僕らやっぱり役者が不足ですから、どうしようと思ってるうちに時間がたっちゃった。そこへ、僕が遺体引き上げをやってげっそりして帰ってきた。で、僕にことよせた劇にして、倫子にも参加してもらって、みんなが元気になれたら一石三鳥だと思ったのでしょう。

功に話したら、「それいい、やるべし」ってすぐ乗ってきました。

倫子は思ったとおり、地震のことは早く忘れたいらしく、私はちょっと……って躊躇《ちゅうちょ》しました。でも、功が一生懸命説得しました。

功、倫子に言ったのです。

萌子は直広の経験をもとにして芝居作るけど、直広だけじゃなくておまえを癒すことにもなるんだ、おまえのカタルシスにも必ずなる。だから参加しろよって。いちばんつらいことを経験したおまえにしかできない芝居がきっとある、みな応援してるから頑張れって、すごく熱心に説得したんです。そしたら倫子、「私もリセットね」って。僕、功は倫子のことよっぽど好きだったんだなと、ちょっと感動しました。

で、先生。どんな劇をやるかと言いますと、またまた『親和力』なんです。懲りないでしょう。といっても、前にお話ししたプランはぜんぶボツですよ。

先生だけにタネ明かししますが、あの現代劇のプランのさらに後日譚《たん》みたいのにするんです。あの物語から何十年か月日がたって、主役の交替もあって、別の暮らしが営まれている。そこに大地震が起こった。彼らはいかに……っていったところなんです。といっても、これは隠れた下敷きですから、見る人にはわからないことであり、またわからなくていいことなんですけれど。

最初、萌子に「芝居やりましょう」って言われたとき、僕、震災についての新作をあらたに作るんだと思ってました。だから、『続・親和力』よって言われたときは意外な気がして、「エ、だって、あの話、地震と関係ないじゃない」って聞き返したんです。

そしたら、萌子「わかってないのね、直君は。こないだも言ったじゃない、あの物語はただ複雑な人間関係を描いたものじゃないの。昼メロみたいだけど昼メロじゃないのよ。ゲーテはもっと深い真意を込めてるのよ」と解説してくれました。

先生もおっしゃってましたけれど、萌子の言うところによると、『親和力』の底に流れているテーマは、「自然」と「人間」の対立みたいなものなんだそうです。

人間って自然に反した、いろんなことをやりますよね。

動物の乱獲とか、森林の乱開発とか、人間のほうはそれを知恵だと思い込んでますけど、それによって生態系が壊れたり、温暖化したり、人口が大爆発したり、食糧不足になったり、たいへんなことになる。

今回の震災でも、やっぱり原発という「自然」と「人間」の対立の問題が浮き彫りになりました。人間は原発を「進歩と発展の象徴」みたいに思って造ったわけですが、そうではなかった。だから萌子、そういう要素も劇の中に象徴的に盛り込みたいと。

もともとのプランで舞台地にしていたのが今回の被災地Xだったというのも、いま考えたらすごく霊感があった気がします。

あんまり言うとネタバレになっちゃいますから、予告はこのくらいにしておきますね。

ちなみに、僕の役は、津波で沈んだ遺体の引き上げをやっているライフ・セーバーです。現実の僕そのまんまです。前は主人公大介の役だったのでプレッシャーでしたけれど、今回は僕そのものだからだいぶん気楽です。といっても難しいんですけど。

萌子先生が「自分の思いをぜんぶこの役に託すことが、君自身の癒しになるわ」って力説するので、頑張ります。

稽古を進めながら、ちょっと違うなと思ったところは萌子に言って修正してもらったりしています。いままで僕、芝居に対して自分の考えを述べたことなんて一度もなかったから、とても面白いです。萌子もよろこんでくれています。

いまのところ来月中旬をめざして、大学と交渉中です。たぶんまもなく決まると思うので、日程とか場所とか、わかったらすぐお知らせしますね。では。

西山直広

＊

青年が被災地から戻ったのは六月末だから、それから一ヶ月半。しばらく便りが途絶えていたのは、ボランティアの後遺症に苦しんでいたせいなのだ。文章にはあまり書かれていないが、じっさいには相当もがいていたに違いない。思った以上に気遣いの多い青年だから、あまり頻繁にわたしにＳＯＳを出すのもはばかられ、おそらく一人で戦っていたのだろう。

しかし、萌子が勇気づけてくれていたのならよかった。それだったら、わたしなどよりよほど効果がある。そのおかげで憂鬱が去っていきつつあるのだったら、いうことない。

軽やかなテンポの曲を聴いているうちに、萌子のお転婆《てんば》そうなおでこと大きな瞳、そして彼女にお尻を叩かれている青年の姿が浮かんだ。思わず、わたしはほほえんだ。

「楽しそうだな」

椅子を左へ、右へ回しながら、想像をめぐらせた。

――だから、なんなのよ、直君、何をどうしたいのよ。

――え……と、あの、うまく言えないけど……、あの、なんか、違う。

――そういうのなしよ。ハッキリしなさい！

とか。

わたしは小さな声を出して笑った。たしかに治癒効果があるよと思った。

＊

直広君へ。

久しぶりだね。どうしているかと気になっていたけれど、案外元気そうな模様で安心しました。

戻ってきてから心の調子が悪かったこと、痛ましく思います。しかし、そうなって当然です。なぜならば、君は三ヶ月間、〝死の淵〟を覗き込む尋常ではない日々を送ってきたのですから。それは普通の生活の中ではまず起こりえない例外的な経験です。したがって、簡単にもとの世界に戻れなくて当然なのです。心と身体が順応できなくて、SOSの信号を出しているのです。逆に、もし君が帰ってきたとたん平穏な日常に戻れたとしたら、それこそ二重人格です。わたしはそのほうがむしろ心配です。

〝海の申し子〟の君がダイビングやサーフィンを楽しめなくなったとしたら、わたしは胸が痛むけれど、それほど案ずることはないようだね。その治療の役目を萌子さんがやってくれているようだから。彼女が言うように、君の思いを存分に劇に託してごらんなさい。たいへん素晴らしいカタルシスになると思います。彼女はわたしなどよりよっぽど優れたセラピスト、いい「先生」であるようだね。望むらくは、君だけでなく倫子さんも、劇によってカタルシスを得られますように。

さて、その劇だけれど、『親和力』をアレンジするというところが新鮮です。君も言うように、わたしも新作を作るのかと思ったが、むしろそちらのほうが面白そうだ。先に、萌子さんの『親和力』の読み解きを聞いたときも感心したけれど、今回はもっと期待してしまいます。どんな劇になるのだろう。

君も言っていたけれど、萌子さんは人間による開発の功罪と、それを揺り戻そうとする自然の力っていう対立に注目しているようだね。彼女の考えた通り、それは『親和力』に流れている通奏低音ではないでしょうか。

人間の開発というと、わたしたちはすぐに科学技術とか、軍事とか、経済とか、そちらのほうの開発を想像してしまいますが、必ずしもそればかりではなく、友情とか、恋愛とか、家族とかをめぐる関係、また欲得をめぐるかけひきとか、あるいはほとばしる自然の本能を抑えて社会に適応しようとする良識とか合理性とか、そういった人為的な行為も一種の開発であったりするのですよ。それらもまた、行きすぎればバランスを取るため揺り戻しの破壊力が働くことがあるのです。

たとえば、ゲーテの原作の中で、主人公夫婦の子供が湖水にのまれて死んでしまう場面があるね。あれもたぶん、夫婦の不自然なねじ曲げ行為によってたわめられた何ものかに押し返された結果だと読むこともできる、と思ったりします。

あくまでもわたしの解釈ですが。

また直広君、君も〝海の申し子〟だけど、『親和力』も水が大きなキーワードで、大切な場面で水の持っている破壊力や再生力が効果的に使われています。このたびの震災も大津波をともない、水が大きな意味を持ちました。もしかして萌子さんがそのあたりも考えて『親和力』を選んだのなら、大いに期待したいところです。

詳細が決まったら、ぜひ教えてください。萌子さんや倫子さんにもよろしく。

姜尚中

＊

その三日後、思っていたよりずっと早く、「日程が決まりました」というメールが青年から届いた。

＊

姜先生。

こんにちは。芝居の予定が決まりましたので、ご連絡いたします。
日時は、九月十一日の夕方七時から。上演時間はたぶん二時間くらいだと思います。
場所は僕らのS学院大学のキャンパスのチャペルの前です。野外公演です。改めて大学までのアクセスと地図を記したご案内状をお送りしますね。

僕らとしては、震災からちょうど半年後がいいので、最初から九月十一日を第一候補で頼んでいたのですが、大学の行事の都合で一ヶ月先に延びる可能性があったのです。でも、今日、急きょOKって返事をもらいました。十月だったら夜は寒いかもですけど、九月だったらお月見もかねてバッチリです。篝火《かがりび》を焚《た》いて、薪能《たきぎのう》みたいにする予定です。

では、簡略ですが。

もう一ヶ月を切ってます。頑張らないと！

西山直広

＊

青年の元気のある便りにわたしは安心し、予定を確認した。

グーグルカレンダーにスケジュールを刻みながら、「九・一一か」、とつぶやいた。

二 自然の声

九月に入ると青年が言っていた芝居の案内はがきが届いた。それはウルトラマリンブルーの洒落《しゃれ》たポストカードで、オヤ、学生なのにずいぶん立派なものを用意するのだなと、わたしは思わず眼鏡をはずし、まじまじと眺め入った。

使われているのは横長の海の写真――、と思ったら写真ではなく精緻《せいち》なタッチの絵で、右下三分の一ほどを切り取るようにして、白い箱のような、あるいは堤防のようなものがある。それと海とにまたがって、女性の手のひらと、真珠を抱いた二枚貝とがブルーと白に反転しつつ配されている。地中海の白壁の島の情景のようでもあり、ルネ・マグリットのコラージュ風でもある。ちゃんとした作家の作品などは高くて使えないはずだから、絵の得意な学生などに頼んだのかもしれない。

画面の右手あたりに、「S学院大学演劇部秋季公演『海の棺』」とあり、「私たち、どこで間違ったのかしら」というキャッチフレーズが並んでいる。左上には「作・演出：黒木萌子　出演：青木倫子、堀江功、西山直広」と、四人の名前が小さく見える。

裏返すと、半分から下に日時と場所、S学院大学までの交通アクセスと地図が記されており、劇の簡単な説明があった。

「大地震から半年。海底から引き上げられた三人の死者が、思いを語ります。彼らはあの日何を考え、何を夢見、何を希望し、何に絶望したのでしょうか。自然と人間の関係を、いま見つめ直します。（本作はゲーテの古典『親和力』を大胆に翻案し、現代に甦《よみがえ》らせたものです。）」

隅の空きスペースには、見覚えのある、あまり上手でない、しかし一字一字ていねいな文字で、「来てくださいね、お待ちしてます、直広」と書かれていた。

――いよいよなんだな。

青年の焼けた肌と、やわらかなまぶたを思い出した。

＊

メールソフトを覗くと、こちらにも一通来ていた。

姜先生。

先生。芝居のご案内状、お送りしたのですが、届きましたでしょうか。

稽古もたけなわになっています。まだ全員が納得しているわけではないのですが（とくに萌子が！）、かなり充実してきて、仕上がり間近という感じです。僕としては、どうしてもうまく語ることができないせりふがあって、それをどうやってものにするかが最後の課題です。

それで、先生、今日はまた違うご相談をさせていただきたいと思ってるんです。次から次に、ほんとにすみません……。

何かというと……萌子のことなんです。

考えてもわからないので、思いきって書きます。ご迷惑とは思いますが聞いてください。

先生、僕が萌子にずっと片思いだったこと、ご存じですよね。そうだったのですが、いま、こうやって一緒に芝居を作るようになってから、急接近という感じで親しくなってきたのです。

これまで僕、一年半ほど演劇部の部員としてやってきましたけど、萌子の台本や演出に口出ししたことはないし、意見を求められても、彼女が手ごたえを感じるような打ち返しをすることはぜんぜんできていませんでした。でも、今回はそうじゃありません。

被災地での僕の経験がポイントになるので、萌子と僕が二人して劇を作っていく感じになりました。僕があそこで感じたこと、悩んだこと、落胆したこと、恐ろしかったこと、傷ついたこと、気づいたこと、学んだこと……。

萌子どんどん質問してきて、ICレコーダーを回して、ノート取って、ふん、ふんとすごく熱心に聞いてました。

そのうちにナニヤラ態度が変わってきて、何度か「見直したわ、直広君」とか言われるようになりました。照れちゃいますが、やっぱりうれしかったです。さらに、「直君には、他の男の子にないものがある。ピュアで魅力的だわ」とまで言われるようになりました。そんなの、それまで萌子が言ったことなかったせりふです。

僕は、うそ……、萌子、僕のこと好きになってくれたのかなって、めちゃくちゃうれしくなりました。

また、萌子が言ったように、自分の思いを言葉にして語っていくことは、「癒し」の効果もあったようです。萌子、僕がだんだん元気になっていくのをうれしそうに見てました。「ホラごらんなさい、私の言ったとおりでしょ」って、そういう満足感もあったのかもしれません。

でも……、先生。僕、素直によろこべないのです。

なぜかって……、与次郎です。与次郎のことです。萌子といい感じになればなるほど、どうしても与次郎のことが思い出されてくるんです。で、与次郎のことを思い出したとたん、フッとろうそくの灯を吹き消したみたいに心が陰るのです。もし僕が萌子とカップルになったら、与次郎の想いはどこに行くんだろうって。

そして、いやでも考えがあそこへ引き込まれてしまうんです。与次郎の死に際の、萌子への愛の告白。それを僕が取り持たなかったこと……。

先生。与次郎、「おまえだけに言う」って萌子への想いを僕に告白しました。そして、これ、おまえに託す、おまえの思うようにしてくれって、ラブレターを……。萌子に渡すも渡さないもおまえ次第だって……。

でも、よくよく考えたら、与次郎、あんなことしなくても、本当に萌子に告白したいなら、メールでも書いて萌子に直接送信したってよかったわけですよね？　それを、どうしてわざわざ僕に？

僕の律儀な性格を知ってて、直ならぜったいに取り持ってくれると期待したのでしょうか。

あるいは、自分がいま萌子に告白しても望み薄だと思うから、せめて僕に告白しよう、せめて僕に告白してスッキリしようと思ったのでしょうか。

あるいは、僕が萌子のことをどう思っているのか確認しようとして、まず自分から爆弾を投げてみたのでしょうか。

ああ……、こんなこと考えるの、僕もうほんとにたまらなくいやです。

そして、こういうことを考えずにすますためには、やっぱり僕はこれ以上萌子には踏み込まず、今後も波風立てず無難にやっていくのがいちばんじゃないかと思ったりするのです。でも、そう思うと、いませっかく萌子が僕に接近してきてくれていることが残念でしかたがなかったり……。

そんなことが引っかかってるから、あの夢を見たのですね。覚えてらっしゃいますか？　三人の水死体の夢です。夫婦の足元に子供がいて、萌子の顔をしていて、与次郎の声でしゃべる。腹話術みたいに、僕に向かって「直広、好きな人がいるなら告れ」って言う。あれも、いったいどういう意味なのか。

僕、萌子にもその夢の話をして、三人家族のうちの子供が萌子だったってことは言いました。けれども、与次郎の声のことはもちろん言っていません。どうしてかって……、もしそれを言ったら、与次郎が死ぬ前に僕に告白したことまで言わざるをえなくなると思ったからです。

ああ、どんどんどつぼにはまっていきます。この後ろめたい気持ちは、僕が与次郎を好きで、萌子を好きである限り、一生つきまとうんでしょうか。ああ、僕はほんとにいやです。

こんな思いをするくらいなら、洗いざらいぜんぶ萌子に言っちゃいたい。

「萌子、ごめん、黙ってたことがある」って。「与次郎、おまえのことが大好きだったんだ」って。「僕、やつの死に際にその告白されたんだ。おまえへの手紙も託されたんだ。でも、僕、おまえに渡さなかったんだ」って。

言っちゃったほうが楽なんじゃないか。それとも、言ってさっさと荷を降ろしちゃおうって発想自体がだめですか。僕言ったほうがいいですか、黙ってたほうがいいですか。どっちが与次郎の想いに応えることになるんでしょう。

もともとその答えを見つけようと思って遺体引き上げのボランティアをやったのに……。それで萌子と親しくなって、もっと迷うことになるなんて、意味ないです。僕はいったい何のために……。

またわけがわからなくなってきています。

西山直広

＊

せっかく想う人と結ばれそうになっているというのに、こんなに〝与次郎君の亡霊〟にさいなまれるとは……。

わたしはその律儀さに打たれもしたが、危なっかしいものも感じずにおられなかった。こういうときは重く応じるより、さらりと受け流すほうがいい、そんなことを伝えたいと思ってわたしはキーボードを叩いた。

＊

直広君。

いよいよ九月。上演までもうすぐだね。

素敵な招待状も届きました。どうもありがとう。

さて、君の悩み、察するよ。さぞかし苦しいだろう。しかし、君は少し疑心暗鬼になりすぎているのではなかろうか。君はいま、過酷なボランティアの後遺症から抜けきっていなくて、精神的につらい時期にありますね。また、人間関係の濃密な『親和力』の世界に入り込んでいるから、普段であればそれほど深刻に考えないことも、十倍くらいの濃度に感じられているのではないかしら。

君ならずとも誰でも、そういうときはあるものです。かくいうわたしも恋の悩みに悩み抜き、どつぼにはまっていた若き日があります。しかし、その苦しみも永遠に続くことはない。そういうときは心を解放することです。心を解放しなさい。そのカタルシスのために、芝居があるのではないですか。

亡くなった与次郎君は、君にとってはかけがえのない親友です。しかし、君が言うほど難しく考えなくてもいいのではありませんか。亡くなった人から思いをもらって、生きている自分の生きる力とする。亡くなった人と向きあうことによって、そこから前向きな力をもらう。そのことを、君は、被災地でたくさんの死者と向きあう中で悟ったのではなかったですか。せっかく素晴らしいことに気づいたのですから、与次郎君のことでも、その考え方を生かしてください。

それに、そんなに複雑に考えなくても、君は素晴らしい青年で、萌子さんは魅力的な女性で、二人ひかれあうのは当然ではないですか。君はもっと自分の気持ちに素直になっていいのです。勇気をお持ちなさい。

いつか君は『親和力』のキャラになぞらえて、与次郎君はエードゥアルト的だって言っていたことがありませんでしたか。君も少しはエードゥアルトみたいに、感情の赴くままに突き進んでみてもいいのではないでしょうか。それこそ、「自然」にまかせて。

姜尚中

おそらく、わたしの返信を待ちかねていたのだろう。わたしが送信すると、一時間もたたないうちに返事が来た。

＊　＊

姜先生。

さっそくお返事ありがとうございます。先生に励ましていただいて元気が出ました。いつもながらですが、先生に相談してよかったです。

「自然」にまかせたほうがいい、ですか。みんなが同じせりふを言うので、ちょっと笑ってしまいました。

こないだ芝居の稽古で夜遅くなったので、萌子のマンションまで送っていったのですけど、僕が「おやすみ」って引き返そうとしたら、萌子、「直君、ちょっと寄ってかない？　コーヒーでも」って言ったんです。僕は心臓が口から飛び出るくらいドキッとして、すごくうれしかったのですが、やっぱりまずいかなってこらえて、「いや、寄ったら僕どうなるかわからないから」って言ったら、萌子ちょっと苦笑して、「そんなの、自然にまかせたらいいじゃない」って言ったんです。

で、僕が拒否《ことわ》ったと思ってプライド傷ついたのかもしれません。ちょっと意地悪になりました。

「直君、芝居に誰か呼んだの？」って聞くので、「うん、いちばん見てほしい姜先生に招待状出したよ」って答えたら、「いいわね、直君はいちばん見てほしい人を呼べるから。私はいちばん見てほしい人は海の向こうだから呼べないわ」ですって。あ、やられたと思いました。

でも……、いや、そうだからこそ思うんです。

僕がもしここで萌子にのせられて「好きです」って告ったとしても、感じとして萌子、「うん」とは言わないんじゃないかって。だって、その「いちばん見てほしい人」とやらは、どうするんだろうって――。

どうして僕に気を持たせるようなことばっかり言うのでしょう。女の子って難しいです。

で、次の日、功と倫子に言ったのです。昨日萌子を送ってったら、「寄ってかない？」って言われたって。そしたら彼らすごく食いついてきて、「それでどうした」って聞くので、「どうもしないよ、だって寄ったらどうなるかわからないじゃないか」って言い返したのです。そしたら、功「どうかなったほうがよかったんじゃないか」、倫子「自然の声を聞け」ですって。またしても（笑）。僕一人ばかですか。でも僕、与次郎のことがありますから、萌子のこと、みんなみたいに簡単に考えられないのです。

じっさい、もし与次郎のことがなかったら、僕、きっと送り狼《おおかみ》になっていたと思います。ええ、そう思います。

先生は亡くなった人は永遠になるとおっしゃいましたが、与次郎は僕の中でもう永遠になってるような気がします。これからもっと大きな存在になるんじゃないかという予感がしています。

西山直広

＊

おそらくわたしも青年からの返信を心待ちにしていた。いつしかわたしは、彼の中に、あの子の姿を見ていたのである。

西山青年を支えてあげたい。一人の「先生」として、そして、一人の父親のような気持ちで、彼を未来へと導きたい。そんな思いが、あ、の、子、の面影が浮かぶたびに強くなっていくのだった。

わたしは祈るような思いで、西山青年に返事を出した。

＊

直広君。

こういうときは息を吐き出すことだ。息をつめてはよくないです。

君にとって与次郎君の死はあまりにもショックだったから、その存在が通常よりもかなり肥大して、君の心を占めているのだと思います。もっといえば、心を占めているように感じられるのだと思います。実際には君が思うほど巨大ではなく、時がたって冷却すればいまほどではなくなって、君の心にも隙間ができるのではないかと思います。だから、あまり思い詰めないほうがいい。

直広君。わたしは与次郎君は君を試すようなことはしていないと思います。君を〝心友〟だと思うから、胸につかえていることを君に告白しただけではありませんか。いちばん信頼している君にいちばんだいじなことを告白して、君に告白したことで安心して天国に行ったのではないでしょうか。

いずれにしても、与次郎君は君にとっては世界一だいじな人だね。その彼の最後の思い出をへんなふうに疑うのは、さびしいことではないだろうか。

君は与次郎君の死後、あれほどつらい思いをして遺体の引き上げをやり、「人の死とは何なのか」という意味の一端をつかみました。君も言ったとおり、死は生に力を与えるものです。亡くなった方ときちんと向きあうことは素晴らしいが、亡くなった方の世界のほうに引っ張り込まれてはダメです。

与次郎君から素直に生きる力をもらいなさい。それがきっと正解です。

姜尚中

＊

わたしは、「気休めかな」と少し躊躇し、「いや、いまの彼には」と思い直し、送信のキーを叩いた。

三　リセット

夕闇に沈みかけた構内の芝生を踏んで、三々五々、人びとが集まりかけていた。九月の声を聞いてもおさまる気配のない残暑。それでも、つるべ落としのように昼間の熱気が去り、川風にも似た涼風が吹きはじめる。やはり秋はそこまで来ているのだ。

青年の案内状のとおり高崎線の小さな駅で降り、歩いて十五分。こぢんまりとしたS学院大学のキャンパスにたどり着いたわたしは、早すぎた時間を後ろ手のそぞろ歩きでつぶしながら、ぼんやりと新しい季節の到来を味わっていた。

——風立ちぬ……、いや、もっといい歌があった。秋来ぬと目にはさやかに見えねども風の音にぞ……そうだ、おどろかれぬる。

しかし、早いものだな、あれからもう半年たつんだもの。

と、そのとき、「先生！　姜先生じゃないですか」。明るい声に背中を叩かれ、驚いてふり向くと、震災直後に被災地のテレビリポートに同行したディレクターの加藤だった。

「あれっ、どうしてここに？」

「彼に招待してもらったんですよ、ライフ・セーバーの西山君。先生も？　彼に呼ばれて？」

わたしはうなずき、加藤と肩を並べ、芝居の上演場所と示されていたチャペル前の広場に向かった。

会場らしき人だまりにたどり着くと、コーナーに沿って点々と篝火が焚かれている。保安上の理由だろう、電気光だが、ほんものの炎のようにうまくできている。

思った以上の盛況で、学生だけでなく、サラリーマン、年配の夫婦、子供連れの姿も見える。地元の人たちだろう。さっき駅前でS学院大学の学生とおぼしき若者が「無料ですよー」「見にきてくださーい」と、芝居のチラシを配っていた。わたしのところに送られてきたウルトラマリンブルーの案内状と同じデザインのカラーコピーだった。直広や萌子たちのことだ、駅前や商店街で一生懸命宣伝してきたに違いない。

地元のケーブル局か何かだろうか、肩乗せカメラを担いだグループもいる。

ふと右手を見やると、ほどよい高さの境栽のブロックが目に入った。観劇にもちょうどよさそうだ。わたしは加藤に目で合図し、並んで腰かけた。

「いろいろやってくれますね、彼ら」

加藤が言った。

「うん、頑張ってるよ」

わたしも言った。

ほんのりとライトアップされた空間の奥にチャペルのドーム屋根が覗いている。手前のほうは白い垂れ幕が下がっているので、どうなっているのかわからない。何が起こるのだろう。わたしはわくわくした。

「西山君には遺体引き上げのボランティアのことで何度か取材しましてね、ずいぶん親しくなりました。いまどき珍しい素直な好青年ですよね。先週も電話して話したんですけれども……」

加藤が語りつづけるのを半分ほどに聞き流しながら、わたしは幕の向こうにいるであろう青年の姿を想像した。大丈夫だろうか。さだめし緊張しているに違いない。萌子にはっぱをかけられているんだろうな。いったいどんな芝居に仕立てたのだろう——。

そのとき、フッと篝火が消えて真っ暗になった。

——と、思う間もなくチャペルの上空に一筋の軌道が打ち上がり、パア……ン、と花火が華咲いた。ドーム上の十字架が一瞬、煌々《こうこう》と照らし出された。

その残照が消えて再び点々と篝火がともったとき、前方の視界を遮っていた布幕は取り去られ、不思議な〝屋外劇場〟が浮かび上がっていた。中央にはチャペルのエントランスへと続く二十メートルほどの白い大階段。階段の手前、左右の両脇には一片三メートルもあろうか、真っ白な大きな箱状のものが一つずつある。校舎のもともとの配置が生かされた、セットともいえないセットが、かえってドラマチックに美しかった。

ふと気づくと、ざざ、ざざ、という波の音が流れている。もしかすると、それはかすかな音で最初から流れていたのかもしれず、人びとのざわめきが消えたいま、初めて聴覚に意識されたのかもしれなかった。それくらい違和感のない連続だった。

＊

篝火のほのあかりに浮かび上がった階段に、三つの人影があった。

階段の中央あたりの踊り場に、ワイシャツと黒いネクタイ、帽子をかぶったサラリーマン風の男性。椅子に座って足を組んでいる。階段の右手下には、白いワンピースを着た髪の長い女性が、壁に半身を向けてたたずんでいる。最上段の左手には、やはり同じような白い服を着た子供——いや、背中に白い羽がある。頭に白い輪《リング》を載せている。キューピッドだ——が背を向け、膝をかかえて座っている。手になにか白いものを持っている。ああ弓だ。キューピッドの弓矢だ。

そしてもう一人。階段下ずっと左手の白い箱の前に黒いウエットスーツを着たライフ・セーバーがいる。直広青年だ。

波の音がスーッと遠のき、スポットライトが青年に当たった。青年はまっすぐに顔を上げ、語りはじめた。

「二十一世紀のある日、日本に大地震が起こりました。震源は東北地方の海底です。ライフ・セーバーの僕は現地に行き、海に潜り、三体の遺体を引き上げました。一人は男の子、一人は大人の男性、一人は大人の女性でした。その後の身元調査で、夫婦と一人息子だったことがわかりました。家族団欒《だんらん》していた彼らは、あの日突然、津波にのまれ、海の底に沈んだのです」

スポットライトが消え、直広青年の声が宙に響いた。

「あなたたちは、誰？」

スポットライトが最上段のキューピッドを照らし出した。

翼の背中が立ちあがり、可憐なキューピッドがこちらに向き直った。華奢なくるぶしが裾から覗いている。萌子だ。

「暗いよ。暗いよ。ここはどこ。お腹がすいた。お家に帰りたい。僕はどこにいるの」

青年の声が響いた。

「覚えてないのかい。君は津波にさらわれて、海の底に沈んだのだ。僕が引き上げたのだ。覚えてないかい？」

キューピッドの姿がかき消え、中段の男性が浮かび上がった。功だ。帽子をとって顔をあげ、言った。

「寒いな。寒いな。ここはいったいどこなんだ。何もないじゃないか。俺が作った町、俺が心血を注いで作った町は、おい、いったいどこなんだ」

ああ……そうか、とわたしは心づいた。この劇は直広青年が引き上げた三人の遺体と、そのあとに見た「夢」――。あれにもとづいて作られているのだ。

　青年の声が響く。

「あなたはあの松林のはずれ、海岸線が湾曲した崖下の潮だまりの底にいらっしゃった。身体の一部を失っておられたけれど、いまみたいなきちんとした身なりで、岩に背をもたせ、椅子に座るような格好で静かに眠っておられた。それを僕が引き上げたのです」

　男性もかき消え、今度は階段下の女性が光の中に浮かび上がった。――倫子。

「あなた、梨介《りすけ》、どこにいるの？　みんな、どこへ行ったの？　みんな、死んだの？　そうなのね、また私は置き去りにされたのね。そうよ、私の愛する人はいつも去ってしまう」

　青年の声が響いた。

「あなたは海底に沈んだタコツボや魚網を抱くようにして、うつぶせておられた。長い髪が海草のように揺れ、その間を銀色の魚がたくさん泳いでいた。まるで海女のようだった」

　一瞬、ライトが三人を同時に照らし、暗転した。

＊

青年の声が宙に響いた。

「あなたたちはどういう人？　教えて」

スポットが中段の功に当たり、語りはじめた。

「俺は吉本。津波にのまれた町で企業を経営していた。どんな会社か？　ほら、そこにある白い箱。この町最大の産業である原子力発電所の下請企業さ。設備の維持、管理、部品の供給、技術者の派遣もやる。あそこから発注される仕事を、ほとんど一手に請け負ってやっていた。俺は工場の誘致のときから力を尽くし、それによってさびれていた町を立て直した。ああ、そうだよ。この町は科学の力によって巨大なエネルギーを作り出す、あの箱のおかげで復活したのだ」

続いて、倫子が照らし出され、語りはじめた。

「私は今日子。吉本の妻。この町で生まれ、この町で育った網元の娘。ああ、網元なんて言葉は、この町ではもう三十年前からすっかり死語ね。いまでは知る人も少ないけれども、ここはもともと小さな漁業の土地だった。それがすたれてベッドタウンになり、企業の工場用地になり、どんどん装いを変えていった。私はその開発業者の妻になった。

夫が死んだあとは彼の親友で、ほら、そこにある白い箱、そのビジネスを始めた吉本を二度目の夫とした。この町を豊かにしようとした男たちに、私は尽くしてきた。それもこれもこの、私のふるさとを愛するがため」

　続いて、萌子。

「僕は梨介。吉本と今日子の子。この町の小学校四年生。言うことなんか別にないさ、普通の小学生だもの。いや、そうでもないかな、普通じゃないかな。町ではトップクラスのお金持ち。高台の家は大きいし、海にも一軒別荘がある。誰も入れない、僕たちだけの浜辺の家だよ。別荘持ってるクラスメイトなんていないから、普通じゃないかもしれないね。ああそうだ、思い出した。あの大きな波が来たとき、僕たち海の家にいたんだ。高台にいたら流されないですんだのに。あと二日で十歳になるところだったのに、時間が止まっちゃった。僕は永遠に九歳で終わる。まったく、サイテー」

　青年の声が、また問いかける。

「教えて。あなたがたがいまいちばん言いたいことは、何?」

　スポットが吉本を照らしだす。

「そうだな……。なんだかとてもばかばかしいよ。だって、何なのだこの廃墟は。何なのだこの瓦礫《がれき》の山は。俺が何十年もかけて築いてきたものが、全部なくなってしまった。まるで俺が事業を始める前の状態じゃないか。俺がやってきたことは、いったい何だったのだ。意味がないじゃないか。あげくにこの俺も死んだんだろう？　あまりにもばかばかしいじゃないか」

続いて、今日子にスポット。

「私もばかばかしいわ。だって私、いつもベストを尽くしてきた。なのになぜこうなるの。私はものごとに努力は惜しまない。自分のためだけじゃない。ルール。常識。みんなの幸せ。そういうものもないがしろにしないのが、私の自負よ。なのにどうして？　こないだまで私たちは尊敬されていた。みんなに感謝されていた。なのに、いまでは見向きもされない。それどころか、私は聞いてしまった。お前たちのせいだ——って声を。いったいそれどういうこと？　納得がいかないわ」

そして、梨介。

「どうして？　どうして？　僕はなんでこんなところにいるの？　あしたはサッカーの試合だったんだ。あさっては誕生日で、しあさっては遠足だったんだ。なのに、どうしてこんなところでお腹をすかして震えてるの。どうして僕は死ななきゃいけなかったの。暗いよ、寒いよ。いったい僕が何したの。やっと十歳になるところだったのに。まったく、サイテー」

弓矢を握った手を激しくふり、地団駄を踏み、キューピッドはばたりと座り込んだ。

＊

ライフ・セーバーにスポットが当たり、ゆっくりと歩みはじめた。舞台中央付近まで進むと、正面に向き直った。

「あなた方はひどい目にあわされて怒っている。では、あなた方をそんな目にあわせたのは——、誰なんです？」

吉本にスポットが切り替わった。

「誰って……みんなさ。俺は企業家だ。そして工学者だ。俺があの白い箱のビジネスを始めなかったら、ここは衰退していくだけだったんだ。さびれていく町を何とかしてくれって、町の人のほうが望んだんだ。俺はその思いを実現して、土地に新しい生命を吹き込んだ。見事によみがえったろ？　白い箱のおかげで町は豊かになった。仕事が増えた。よろこばれた。なにしろ失業者がいっぱいだったんだ。病院ができた。学校ができた。道路ができた。橋がかかった。鉄道が通って駅ができた。みんなよろこんだ。それを、いまになって手のひら返すってどういうことだ。そんなこと頼んでない、あなたがたが勝手にやったことだって顔するのはどういうわけだ。みんな悪いさ、みんなおかしいさ」

ライフ・セーバーの声が、腹話術のように中空に響く。

「今日子さん、あなたはどうです」

今日子にスポットが当たった。まぶしげに手をかざし、長い髪をかきあげた。

「その通りよ。私が子供のころ、ここは漁業の土地だった。ささやかだけれど活気があった。すなどり歌の響き、船魂《ふなだま》載せた船。弁天さんの岬、藻塩《もしお》焼く神事。住吉《すみよし》の神様、わだつみの神様。でも、湊《みなと》はいつしかさびれ、船は打ち捨てられ、河岸は廃墟になった。若い人は都会へ出ていき、老人ばかりが残った。私は土地の生命を取り戻したかった。だってふるさとを愛しているから。

そんなとき、町を救ってくれる男たちに出会った。積極的な彼らの手腕は、私の目には魅力的に映った。町は息を吹き返した。人が戻ってきた。子供が増えた。老人ばかりの町に未来が芽吹いた。私も協力したわ。だって、ふるさとを豊かにするためだもの。

みんなよろこんでくれた。病院ができた。学校ができた。道路ができた。橋がかかった。鉄道が通って駅ができた。感謝してくれた。なのに、どうして手のひらを返すの。私たちが悪いなら、みんなも同じように悪いじゃない。どうして私たちばっかり責められなければならないの」

海の女は階段の上にヘナヘナとくずおれた。

スポットが切り替わり、キューピッドの梨介が口を開いた。

「悪いのは誰かって？　そりゃ、あの二人が悪いのさ。僕はあの二人の子供に生まれたくなかった。あの二人の子に生まれたから、僕、こんな目にあうんだ。十歳にもならないのに、どうして死ななきゃいけなかったの。いや、違うな。僕あの二人の子供じゃないんだ。だって、みんな言ってるよ。僕、彼らにぜんぜん似てないって。僕、誰の子？それとも誰の子でもない宇宙人？」

青年の声がいぶかしげに宙に響く。

「梨介君、待って、意味がわからない。それ、どういうことか、もうちょっと説明してくれないか」

「僕、あの二人の子供じゃない。僕、ママの前の旦那さんと、旦那さんの愛人にそっくりなんだ。町の人みんな言ってる。じゃ、僕は前の旦那さんと愛人の子供なのか？そんなこと、ありえない。だって彼らはとっくの昔に死んだんだもの。じゃあ、僕は死んだ人の子か？そんなこと、ありえない。でも、実際そうだ。まるでホラー。だから僕、宇宙人。

でも、理由はわかんないわけじゃない。どうしてか？ママは前の旦那さんが大好きで、だから旦那さんに愛人ができたとき嫉妬に狂った。彼ら二人はママに呪われて死んだ。しかも、ママは旦那さんが浮気したとき、はらいせに自分も恋人を作った。それがいまのパパだ。パパは前の旦那さんの親友だ。そうさ。二人して前の旦那さんたちを裏切ってたんだ。前の旦那さんたちは愛を貫いて死んだけど、僕のママとパパはサラリと生き残って、サクッと再婚した。前の旦那さんの会社はパパのものになった。だから、この世で幸せになれずに死んだ二人の恨みが、僕という子になって生まれてきたんだ。ママとパパは僕の顔を見て、おののいた。自分たちがやったことの罪深さにおののいた。ママとパパは仮面夫婦だ。うわべだけの仲だ。ママにとってパパは夫へのあてつけで選んだ男。パパにとってママは財産狙いで選んだ女。仲のいい夫婦のふりしてるけど、じつはそうじゃないんだよ。

ママとパパは自分の勝手でやってることを、人のため、人の幸せのためって正当化する夫婦だ。いつだってそうだ。自分のエゴを社会とか常識とか理想とかって言葉にすりかえる。そんな不自然なことするから、僕なんていう報いが来るんだ。僕みたいな〝鬼っ子〟が生まれるんだ。だけど、そんなの僕にしてみりゃ、迷惑な話。報いだったら自分でかぶれよ。罪もない僕に背負わさないでよ。まったく、サイテー」

スポットが切り替わって、吉本。

「皮肉なものだな。かつてはあんなにチヤホヤされてたのに、いまやすっかり悪人扱いだ。先代の社長が死んだときには、町じゅうの人が葬式に来て、千人を超したというのに、跡を継いだ俺の葬式には、たった二人しか来なかったって。とんだ道化だ。ばかばかしい」

また切り替わって、今日子。

「どうしてこうなるの？　夫は頑張ったわ。私も頑張った。なのに、どうして」

吉本、今日子、梨介、三人全員にスポットが当たった。

吉本「俺は親友を裏切ってなんかない。むしろ、やつの思いを継ぎ、やつの夢を大きくしたのだ。やつの女房だって無理やり盗《と》ったんじゃない。やつが死んだから面倒見ることにしただけだ。感謝されることはあっても、恨まれることは何一つない」

今日子「私だって何一つ悪いことしてないわ」

梨介「僕だって、何にも悪いことしてないさ」

青年の声が、中空に響きわたった。

「何にも悪いことをしていないのに、どうしてこうなるんです」

しばらく間があって、今日子が答えた。

「何も悪いことは……いいえ、したかもしれないわ。ええ、間違ったかも」

吉本が引き取った。

「そうか。間違ったのか」

今日子「いったいどこで間違ったのかしら」

吉本「どこで間違ったかな」

梨介「こんなおかしな世界、消えちゃえ」

しゃがんでいた梨介がピョンと立ち上がり、いたずらっぽく弓矢をかまえたと思うや、天に向けてひょうと放つそぶりをした。虚空に尾を引いて二発目の花火が上がり、天空で弾《はじ》けた。そのとたん、階段両脇の二つの箱が赤く発光して揺れはじめ、ドカーンという轟音《ごうおん》とともに、すべてのあかりが消えた。

舞台全体が闇に落ちた。

観客の間に小さな悲鳴が起こった。

＊

四　昇華

舞台に再び篝火がともり、ほのあかりの中に白い階段、その左右に巨大な白い箱が浮かびあがった。四人は元の位置に戻り、最初と同じ姿勢で固まっている。

ざざ、ざざ……、ざざ、ざざ……、さざ波の音だけが、静寂の空間に満ちている。そのしじまを破って、ライフ・セーバーの青年の声が宙に響いた。

「教えて。あなたたちは何を愛していたんですか」

下段右側にたたずんでいる今日子（倫子）にスポットが当たり、がっくりとうなだれていた頭が起き直った。長い黒髪が海草のように肩に、胸に垂れている。そのまま半身をねじって斜め後方をうかがうと、向きを変え、ゆっくりと階段をのぼりはじめた。白い裾が揺れ、段を踏むたびにはだしのふくらはぎが覗く。両腕を心持ち脇に泳がせ、夢遊病者のような風情だ。そして、踊り場の吉本の背後に回り込むと、吉本の肩口に腕をゆらりと巻きつけ、その上に顔を伏せて動かなくなった。

続いて、上段で膝を抱えていたキューピッドの梨介（萌子）にスポットが当たった。と、見るや、また跳ぶように立ち上がり、弓矢を持った腕でうん、と一つ伸びをすると、とん、とん、と階段をおり、妖精のような所作でぴょこりと腰を折り、父親（功）の帽子の中を覗き込んだ。吉本は梨介の腕をとらえて引きよせようとするが、その拘束を大仰に振り切り、やや離れた位置にぺたりと座った。

三つのスポットが階段中央に集まり、いまや三人家族をあかりの中に浮かび上がらせている。

左手の箱の前、ライフ・セーバーの青年にもスポットが当たった。

白い光の中で、青年はもう一度言った。

「教えて。あなたたちは何を愛していたんですか」

弓矢を弄《もてあそ》んでいた梨介が動作を止め、両親のほうをゆっくりと仰ぎ、口火を切った。

「誰も愛してないさ。だって僕はあの人たちの子供じゃないもの。僕はあの人たちのどっちにも似ていないんだ。僕は、僕はね……、宇宙人」

今日子が吉本の肩から顔を上げ、宙をさまよう口調で言った。

「あの子は私の子。でも私の子であって、私の子でない。あの子は誰の子？　私はいったい誰を愛していたのかしら」

ゆっくりと帽子を取って、吉本が言った。

「俺は妻を愛していた。梨介を愛していた。あの子にそっくりな親友を愛していた。この土地を愛していた。土地の人たちを愛していた。いや……違うか。俺はいったい何を愛していたのか。俺自身か？　未来の俺か？

事業に成功した俺は、政治に参加しはじめた。四十のとき市の議員になった。評判は上々だった。次の市長を約束された。次は国会議員だ。私利私欲のためじゃない。愛する妻のため、子供のため、町の人のため。いや……。違うな、俺のため、未来の俺のためか。いや違う……、親友の夢をひきつぐため？　よくわからない。でも、同じことじゃないか？　俺が成功すれば、町が発展する。町が豊かになれば、みんながよろこぶ。俺は感謝される。偉くなる。ますますいろんなことができる。町の人はもっとよろこぶ。妻がよろこぶ。子供が大事にされる。俺の名があがれば、親友の名前もあがる。みんなが幸せになる。同じことじゃないか。いや、違うのか」

今日子が、夫を抱いた姿勢のまま言った。

「違わないわ。どこも間違ってない」

吉本が言った。

「いや、間違ったところがわからないだけかも」

今日子「ええそうね、間違ったところがわからないだけかも」

吉本「いったい俺たち、どこで間違ったんだ？」

＊

「間違ってるさ」

両親をにらんだまま固まっていた梨介が、弓矢を構えて射るまねをしながら、つぶやいた。

「僕はこの二人の子供に生まれたくなかった。だって、おかげで僕、ずっとのけものだったもの。宇宙人だったもの」

と言うと、弓矢をばたりと床に置き、ふてくされるように膝を抱いた。背中の翼が揺れた。

青年の声がたたみかけた。

「ちょっと待って、梨介君。意味がわからない。もう少し説明してくれないか」

梨介は少し考えたのち、膝にうずめていた顎をあげて、口を開いた。

「僕は宇宙人だ。だって僕、いつものけものだった。学校の友達も、友達のお母さんも、近所の人もやさしくしてくれたけど……、みんなよそよそしかった。ほんとのこと言ってなかった。僕わかるんだ。だって僕、他の子みたいにいじめられたり、乱暴されたりしたことないもん。だから、いままでいっぺんもけんかしたことない。そんなのヘンでしょ。僕、子供なのに。子供はけんかするものでしょ。みんなが集まってるとこに僕が入っていったら、急に話をやめられた。そんなこと、何度あったかしら。それってたぶん、その子たちのお父さんがパパに仕事をもらってるせいなんだ。

いつかママに『僕さびしいよ』って言ったことがある。そしたら、それはおまえがみんなにだいじにされてるからよ、一目置かれてるからよ、尊敬されてるのよ、パパのおかげよ、感謝しなさいって言われた。でも僕、そんなんじゃなくて、この町の普通の人にタメグチきいてもらいたい。普通にどついてもらいたい。『おい、梨介遊ぼうぜ』って遊びにきてもらって、うちにあがりこんでもらって、自分ちみたいにごはん食べてってもらいたい。

ほら、あの松林の向こうに、大きな白い箱がある。あれが、パパとママが一生懸命やってる仕事だよ。エネルギーを作るんだ。あれがなければこの町のケイザイハッテンはない。この町だけじゃない、この国の未来もないってパパ言ってた。この国のイシズエだって。

ママは、前の夫もこの町のケイザイハッテンに尽くしたけど、その親友であるパパはもっともっと尽くしたって言ってた。そんなパパが頼もしくて私はついていったのよ──だってさ。ごちそうさま。パパは口先だけのやり手じゃなくって、この国でいちばん難しい大学の工学部を出たエンジニアだ。ママは僕が勉強してるといつも言う。学問はジツガクじゃないとだめだって。何だか知らないけど、けっきょく、ママはそういうのが好きなんだ。ママとパパは似た者同士。

毎日学校に行く途中、工場の大きな煙突から、煙が立ちのぼってるのが見えた。ママは、あれは私たちの苦労の結晶、私たちの未来への夢が詰まった〝宝の箱〟だって言った。でも僕はなんだか恐かった。パパは、あれはいまの科学と技術のスイを凝らした、この国にいくつとない工場だって言った。でも僕はなんだか恐かった。だって立入禁止だ。UFOかエイリアンの秘密研究所みたいじゃないか。この町をハッテンさせているピカ一の工場がなんで立入禁止なの。そんな素晴らしいところに、どうして町の人入れないの？　あ、そうだ、僕、そのエイリアンの研究所で生まれた宇宙人かしら。『鉄腕アトム』みたいに。パパがお茶の水博士で、僕がアトム。

いっぺん、僕、あそこなんだか恐いってパパに言ったことがある。そしたらまた、あれはパパたちが科学と技術のスイを凝らして作った最新鋭の〝金庫〟みたいなものだから大丈夫って笑ってた。でもそう言われて、僕もっと恐くなった。だって、そんなすごい最新鋭の金庫に入れとかなきゃいけないものって何?

あの津波の日、僕たち、海辺の家にいた。

昔ママんちが漁師だったとき、集会所みたいにしてたところだ。いまは漁師はやめたから、建て直してうちの別荘になってた。きれいな砂浜があって、僕たちのプライベートビーチだ。大きなパラソルを地面につきさして、あったかい砂浜に寝転ぶ。夏は海を独り占めして海水浴する。遠浅のところはあんまり泳げない僕でもあぶなくないし、崖になってて深いところでは、素潜りもできる。僕は恐くてできないけど、ママは漁師の娘だから泳ぎがうまくて、よく潜ってた。

一度、ママ、潜ったきりなかなか戻ってこないときがあった。僕、溺れたんじゃないかって泣きそうになった。そしたらザバッて戻ってきて、『こんなのとれた』ってホタテみたいな貝を見せてくれた。で、手、出してごらんって言って、ポトン、と白い粒。天然の真珠だよ。ちょっと歪んで、涙みたいな形をしてた。ほんものの真珠ってまんまるじゃないんだ。まんまるのよりぜんぜんきれいだった。

真珠だけじゃない。『こんなのとれた』って生きた蛸《たこ》をとってきたこともあった。ママのひじから先全部に、ぐにゅぐにゅの足が絡みついてて、離そうと思ってもとれない。僕、よくそんなものに触るなと思ってオエッってなったけど、ママはぜんぜん気にしてなくて、頭を持ってずるずるピキピキって引きはがして……。腕にしばらく赤い吸盤の痕がいっぱい残ってた。で、その蛸、その日の晩に食べた。大きいなと思ったけど、死んだらすごくちっちゃくて、すぐなくなった。ナマの蛸のお刺身ってものすごくおいしいんだ。トロよりイクラよりおいしいと思って、僕、感動した。

でも、蛸を食べたのはそのときいっぺんだけで、いまは苦手で食べられない。っていうのも、おじいちゃん——昔漁師だったママのお父さんだけど——が遊びに来たとき、僕とママがその話したら、急にものすごく恐い顔になって、そんなもの取るんじゃない、僕に食べさせちゃいけないってママをすごく叱ったんだ。そしたらママむきになって、大丈夫よ、キレイな海だもの、真珠だってとれたのよって、あの涙の真珠をおじいちゃんに見せた。だけど、おじいちゃんは汚いものでも見るみたいに払いのけた。ママははじき飛ばされた真珠を拾いあげて、泣いた。

おじいちゃんは泳ぐのもやめろって言い捨てて、パパが帰ってくる前に帰っていった。おじいちゃんはパパのこと嫌ってる。ママはどっちかっていうとパパの味方だから、おじいちゃんとも仲が悪くなって、そのうちにおじいちゃんは死んじゃった。僕おじいちゃんの記憶はあまりないけど、そのときの記憶ははっきりある。だってすごく恐かったから。おじいちゃんは自分は何もしないで、怒るばっかりの人間だ。ママの腕にぐにゅぐにゅ絡みついてた蛸も恐かったけど、真顔になったおじいちゃんの顔のほうが恐かった。思い出すとすごく恐い。もう食べる気がしない。

それからあと、僕、ママとパパを見る目がなんとなく変わった。言ってることもやってることも信じられなくなった。っていうより、信じちゃいけないと思うようになった。そして、同級生の子たちがなんとなく僕によそよそしいのもそのせいかなと思った。さびしかった。いつも浮いてる気分だった。それに、僕、パパとママにぜんぜん似てないって言うしね。まったくナゾのエイリアン。宇宙人だよ。つまり、そういう意味」

言い終えるなり梨介は背を向け、膝を抱えて静止した。

*

彫像のように固まった三人の頭上に、また青年のよく通る声が響いた。

「梨介君はさびしかった、恐かった、それはあなたたちのせいだと言ってます。そうなのですか。吉本さん、今日子さん」

吉本の肩に伏していた今日子が顔をあげ、口を開いた。

「いいえ、違うわ。私たちは幸せだった。あの子はみんなに大切にされて、愛されていた。つらかったはずがありません」

吉本が正面に向き直り、

「そうさ、あの子は何不自由ない地元の名士の子。悲しい思いなどするはずがないじゃないか……そんなはずはない、いや……」

自分の肩を抱いている今日子の両手をそっとつかみ、

「いや、つらかったろうさ。だって、あの子は知っているんだもの」

ゆっくりとほどいて立ち上がり、夫婦二人、目を見つめあった。

今日子もうなずき、

「そうね、知っているわね」

と言った。

青年の声が宙に響いた。

「何を知っているんです？」

吉本が答える。

「自分は何者かってことをさ」

今日子が言う。

「いえ、ぜんぶよ」

そして、一歩前に出て、さらに続けた。

「あの子は私たちのことを形だけの夫婦だという。真に愛しあっているのではなく、うわべだけの関係だという。だから、自分のような鬼っ子が生まれたのだと。そう思ってるわ」

青年の声が響く。

「そうなのですか、彼の言うとおりなのですか」

今日子が答える。

「そのとおりよ。でもそれはみんなの幸せのため。取りつくろってるわけじゃないわ。悪意じゃないわ。幸せになりたかっただけよ。そして、じっさいみんな幸せになったのよ」

今度は吉本が今日子の背後に近寄り、ワンピースの胴をするりと抱いた。

「そうさ、立派なお母さんと、立派なお父さん。立派な形だけの夫婦さ。町の行く末を考えて手に手を携え活動する立派な夫婦さ。それもこれもすべて、みんなの幸せのため」

今日子「間違ってないわ」

吉本「間違ってない」

青年の声がたたみかけた。

「教えて。梨介君は誰の子なのですか」

吉本と今日子は抱きあった姿勢のまま、同時に虚空を仰いで、声を合わせた。

「誰の子でもない」

青年の声が返す。

「誰の子でもない……って無意味ってことですか。彼は自分を宇宙人だと言った」

吉本が答えた。

「違うよ。意味はある。わからないか。あの子は俺たちのアンチテーゼ、いや、そんな小難しい言葉は使うまい。あの子は俺たちの間違いを教えるために生まれてきたのだ。俺たちの軌道を戻すために生まれてきたのだ。俺たちがプラスであるとすればあの子はマイナス、俺たちがマイナスであるとするとあの子はプラス。あるいは陰と陽。陽と陰。磁石の極の北と南。だから、似ていないのだ。正反対なのだ。あの子は言う。俺たち夫婦は〝不自然〟だと。形だけだと。うわべだけだと。あの子の言うとおり、俺たちが〝不自然〟なのだとすると、あの子は〝自然〟そのもの」

今日子が重ねた。

「そうよ、あの子は自然の子。自然の力」

吉本が言った。

「揺り戻す力」

今日子が言う。

「ええ、だから、火の矢を射た」

吉本が言った。

「リセットした」

白い二つの箱が、会話を聞いていたかのように、一瞬、小さくチチ、とまたたいた。

その上に青年の声が響いた。

「ということは……、『自分たちは間違っていた』と、あなたがたはおっしゃるのですね」

吉本に抱かれた腕にみずからの腕を重ね、上体をねじって夫と少し見つめあい、今日子が答えた。

「そうとも言えるわ」

吉本が応じた。

「そうでないとも言う」

今日子が言った。

「ええ、間違ってないわ。だって、私たち、ただ幸せになりたかっただけ」

吉本が応じた。

「いや、どこが間違っていたのかわかってないだけかも」

今日子が言った。

「そうね、どこで間違ったのかしら」

やや間をおいて、吉本がつぶやいた。

「こんなことになるなんて」

今日子が引き取った。

「ええ、思ってもいなかった」

二人はまた見つめあった。

＊

やがて、今日子の胴に知恵の輪のように組んでいた腕をほどき、吉本が言った。

「君、俺たち、そろそろ行くよ」

改めて今日子の手をとり、吉本はゆっくりとした動作で階段をのぼりかけた。

青年の声があわてたように叫んだ。

「待ってください。僕はまだぜんぜんわからない。間違ってたって、何がどう間違ってたんです。自然って何のことです」

吉本が振りかえり、

「君が考えるんだよ。君が俺たちを引き上げたんだもの」

今日子が言った。

「そうよ。あなたが考えるのよ。私たちはあなたに引き上げられたのだから」

吉本が言った。

「君が答えを探せ。われわれは死んだ。ではわれわれの死は無意味なのか？　いやそうじゃないだろう。なぜならば、われわれはわざわざ海の底から君に救い上げられたのだから。死とはけっきょく、生き残った者の思いなのだ」

今日子が応じた。

「そうよ、いちばん大切なのは、生き残ったあなたの思い」

二人はまたゆっくりと階段をあがっていった。途中で、吉本が座り込んでいる梨介を「おい」と促すと、梨介が立ちあがり、叫ぶように言った。

「ありがとう。お兄ちゃん。僕やっぱりこの人たちと行くよ、それが自然だから」

今日子が重ねた。

「ありがとう。あなたに看取られて、私たち永遠になった」

吉本が言った。

「永遠になったよ」

そして、ちょっとおどけるように肩をすくめ、

「永遠にうらまれるために、かな」

三人はどんどん階段をのぼっていった。のぼる後ろ姿を、ざざ、ざざっと、静かなさざ波の音が浸していった。その波音の上に、二人の会話が中空から響くように重なった。

吉本「俺たちがいなくなったら、この海は自然に戻るのかな」

今日子「ええ、そうよ。……いえ、そうじゃないわ……。きっと両方よ」

吉本「じゃ、俺たちが生きてても死んでも、どのみち意味はなかったってことか」

今日子「いえ、そうじゃないわ。……ううん、そうよ……。きっと両方よ」

ライフ・セーバーの青年が階段下に歩を進め、追いながら叫んだ。

「待って。あなたがたは誰なんですか。自然ってどういうことです。永遠ってどういう意味です。両方って何なんです」

「待って。あなたがたはほんとは愛しあってたんじゃないのですか。あの津波の渦巻く底で、息絶えるまで、かたく抱きあっていたのではないのですか。でなければ、あんなに近いところから見つかるはずがないんだ。待って。ほんとは愛しあってたのではないんですか。どこを、どう間違ったんです」

「待って！」

しかし、三人は答えず、階段をのぼりきり、やがてチャペルの闇の中に消えた。

＊

一人残された青年は茫然《ぼうぜん》と階段の前にたたずみ、しばらくするとゆっくりと正面に向き直り、気持ちほどはすに視線を落とし、ひとりごつように語りはじめた。

「あの人たち、なぜ僕の前に現れたんだろう……。彼らは言った。彼らの死の意味は、けっきょく僕の思いだって。だから自分で考えろ、自分で答えを見つけろと。だから、僕は……」

そこまで言うと、青年は顎を昂然《こうぜん》と上げ、正面を見つめた。

「だから、僕はいま考える。彼らの人生の営みがそうであったように、人間は自然に逆らって生きてきた。科学もそうだ。技術もそうだ。経済もそうだ。個人の人生もそうだ。愛もそうだ。この宇宙の中で人間だけが特別で、この自然にありとしあるものはすべて人間がコントロールできると考えてきた。そして、それこそが『叡智《えいち》』だと考えてきた。それがこの社会、この宇宙の幸福を作ると考えてきたのだ。だから、こんな悲劇に……なったんだ。いや……、あ、そうじゃなくて……」

口調が急に乱れ、訥々《とつとつ》としたかと思うと、青年はせりふを止めた。演技なのか、忘れたのか、それとも、間違ったのか……、それまで迫真ともいえる芝居によって聴衆を引き込んでいただけに、空気がざわっと波立った。

青年はふたたび言葉を継いだ。

「間違ったから罰があたったとか……報いが来たとか、そういうことではなく……」

明らかにしどろもどろになっていた。頰紅でも刷《は》いたかのように顔が赤くなった。

会場にざわめきが広がり、わたしは加藤と顔を見合わせた。

「そうじゃなくて、人間も自然の一部なんだから、なにも特別なことをしなくても……もっとシンプルに生きる方法があるのでは……」

「いや違う、そんなことじゃない。自然とはそういう意味じゃないんだ。自然というのはピュアでナチュラルで天真爛漫《らんまん》なものだけを指してるんじゃなくて、荒々しくて無慈悲な今回の地震みたいなものも含んでるんだ。しかし、それだけでもなくて、もっと……そう、彼ら夫婦みたいな……」

そこまで言うと青年は完全に沈黙し、うつむいてしまった。

その空白が、何分続いたろうか。青年は二、三度頭を振り、決意したように顔を上げ、キッとした表情で口を開いた。

「みなさん、すみません、僕は……」

役もせりふもかなぐり捨て、自分の思いを語りはじめた。

＊

「みなさん、肝腎のところで言葉につまってしまって、ほんとにすみません。あと少しだったのですが、予定だったせりふではどうしても言いたいことを言い切れない気がしたので、やめます。僕のいまのほんとの気持ちをこれから言います。ほんのちょっとだけ、聞いてください。

今日のこの芝居は、震災から二ヶ月後に僕が海から引き上げた三人のご遺体がベースになってます。僕は三ヶ月間、被災地で遺体引き上げのボランティアをしました。いろんなことを知りました。いままで考えたこともなかったことを考えました。

じつのところを言うと、もともとこのお手伝いを始めたのは、震災の犠牲者を悼むとか、原子力の問題を考えるとか、そんなとがった意識からじゃなかったんです。

だいじなだいじな僕の親友が死んだからです。

震災とは関係ありません。震災の少し前に病気で死んだのです。僕は彼の死をどう受け止めていいかわからなくて、頭がおかしくなりそうでした。

そこに地震が起こりました。

親友と同じく、何も悪いことをしていないのに、何の罪もないのに、突然命を奪われる人が何万人も現れました。そこで僕は、教えてもらおうと思ったのです。親友の死とちゃんと向きあうために、地震で死んだ何万もの人びとに、教えてもらおうと思ったのです。人が死ぬってどういうことなのか、人はどうせ死ぬのに何のために生まれてくるのか、人が生きるってどういうことなのか、人の人生って何なのか、教えてもらおうと思ったのです。そのために、ボランティアを始めたのです。

僕はもともと水泳が得意でライフ・セーバーの資格を持ってるってだけの、恐がりの、甘ったれなんです。ですから、ボランティア、とてもこたえました。何ヶ月も水中に放置されていた遺体ですから、ぶよぶよになっています。皮膚も崩れています。臓器も目玉もなくなってます。骨が露出してます。最初は触ることもできずに震えあがって、匂いも我慢できなくて吐きました。いまでも思い出すとめまいがします。寝られない日もあります。

しかも、そんな思いまでして引き上げても、よろこばれないことがあるのです。なぜ引き上げたのだ、見つけてくれないほうがよかったって。意外でした。僕はますます自分の疑問に対する答えを見失いました。

そんなとき、僕がお世話になっているある先生が教えてくれたんです。僕のやってることは、『ライフ・セービング』じゃなくて『デス・セービング』だって。命を救い上げているのではなくて、死をひろい上げているのだと。

ライフ・セービングというのは、人の尊い命を助けますが、デス・セービングはそうではありません。引き上げたからといって、その人が生き返るわけではありません。見つからないほうがよかったと言った方があったように、むしろ『生きているかもしれない』という希望を無情に断つものですらあります。

では、デス・セービングは無意味かっていうと、そんなことはないんです。死は生と隣り合わせにあるんです。死は生につながっているんです。だから、死はそもそも生の中にくるみ込まれているんです。僕たちはこの明るい社会の中で『生』の側面ばっかり見て、『死』は切り捨てちゃってます。けがらわしいものだとばかりに、見えないところに遠ざけてます。でもそれは間違いで、本来、生と死は半々であるはずなんです。

だから、僕の先生は、死にちゃんと向きあえば生の意味も見えてくる、生きることの意味が生き生きと際立ってくるはずだっておっしゃいました。君はいま、それができる場に立っている。それは見も知らぬ人の理由もわからぬ死ではあるけれども、その一つひとつをちゃんと受け止めてごらん。そうすれば、君が探し求めていることの答えもきっとわかるはずだ、とおっしゃいました。僕は、なるほどそうかもしれないと思って、苦しかったけど頑張って続けたんです。

人の死ってどういうことなのか。

生ってどういうことなのか。

あるいは、人間って何なのか。

正直いって、いまでもハッキリ理解できたわけじゃありません。でも、強く実感できたことがあって、それは、亡くなった方に接すれば接するほど、生きることの大事さ、自分が生きていることの尊さ、ありがたさが身にしみて感じられてくるんです。生きてよかった、せっかく命があるんだからちゃんと生きなくちゃいけない、生を無駄にしちゃいけないという気持ちが湧き起こってくるんです。前はちょっとつらいことがあったら、ああ、死んじゃいたいなんて思いましたけど、いまは思いません。

僕は生きている、なんてうれしいことだろう、なんて素晴らしいことだろうって思います。これはきっと亡くなった方から力をもらっているのです。生と死がつながっているとはそういうことだと思います。それがわかったときから、自分のやっていることは、亡くなった方から思いをもらって、生きる力に生かすことなんだと思うようになりました。そして、それは僕だけのためではなく、亡くなった方のためでもあるとわかりました。僕が『生きる力』をもらえば、その方の『死』も輝く。その方の死が輝くような『永遠』になるのだって。

――って、僕の話ばっかりしちゃいましたけど、この劇の夫婦の死の意味も、そんなところにあるのです。

彼らは間違っていたかもしれない。自然に逆らっていたかもしれない。でも、僕らが、彼らの死に接していちばんやらなきゃいけないことは、彼らの誤りを追及することではなく、彼らを葬り去ることでもなく、単純に彼らと反対の方向に舵《かじ》を切ることでもなく、むしろ、間違いも含めた彼らの人生をちゃんと受け止めて、僕らの中にそれを抱いて生きることじゃないかと思うんです。

　生きることと死ぬことって、たぶん白か黒かの選択じゃないんです。僕の先生が言ったように、死は生の中に、生は死の中にお互い含まれあっているんです。ですから、劇の中で出てくる『自然』というのは、自然と人工の両極端の対比のことをいってるんじゃない。『間違い』っていうのは、正解か間違いかっていう両極端の対比じゃないのです。○か×かではないのです。

　けがれた黒を含むことで、白が際立って輝く。自然の中に、すでに不自然が含まれているんです。間違いも含んでいるからこそ、正しいことをだいじにしたくなるんです。そういうことではないでしょうか。だから、だいじなことは、もしかしたら自分は間違っているのかもしれない、だとしたらどこで間違ったんだろうという疑問を常に胸に抱きながら生きていく、それではないかと思いました。これが、ライフ・セービングという名のデス・セービングをすることによって、僕がお粗末な頭で悟ったことです。

　だから、ボランティアは終了しましたが、僕、これからもあの三人を引き上げつづけなきゃと思ってます。

　チョットだけって言いながら、ずいぶん長くしゃべっちゃいましたけど、すみません、みなさん、あと一つだけ、言わせてください。

　地震の前に死んだっていう僕の親友、こないだ僕の夢の中に出てきたのです。そして、僕に向かって、『生きろ』って言ったのです。で……、こんなところで言うの恥ずかしいのですが、僕、好きな人がいて、その親友、こうも言ったのです。『せっかく生きてるんだから、好きな人に——告白しろ』って」

青年は、ふーっと息をついて、改めて力強く言った。

「だから、僕、親友の分も生きて、好きな人に告白することにします。その女性、僕のこんな経験を一から十まで聞いてくれて、この素敵な劇に仕立ててくれた作者です。僕は彼女に告白します。君が好きだって告白します」

紅潮した頬が美しかった。瞳がらんらんと輝いていた。

「そして、僕はみなさんにも言いたいです。生きろ！」

そう言い切ると、青年は一瞬まっすぐに身を起こし、おもむろに九十度以上の深さに頭を下げ、そのまま静止した。

会場はあっけにとられたようにしんとしていたが、功が「直広、いいぞ！」と叫んで手を叩きはじめると、次第に拍手の波が広がっていった。

＊

白い階段の上に再登場した萌子と倫子と功、そして直広青年も加わって手をつなぎ、お辞儀しつづけていた。拍手に混ざって声援と、耳をつんざく口笛の響きが混じっていた。わたしは酔ったように頭がしびれ、身を動かすのも懶《ものう》かった。だが、ディレクターの加藤が隣にいる。いつまでも感傷にひたっているのも気恥ずかしい。

青年に声をかけていこうかとも思ったが、あとでメールを出せばいいと思い直し、加藤の車に便乗して引き揚げることにした。涙をハンカチでぬぐい、眼鏡をかけ直した。

舞台の上では萌子と直広が踊り場で固く手をにぎりあい、かたわらで功が手を打って笑っている。倫子はバンザイしていた。

「よかったね」

わたしは歩きながらつぶやいた。

「うん、これでいい、これでいい」

彼らは似合いのカップルだ。それこそ親和力で結ばれたのだ。場合によったら結婚して、夫婦になったらいい。幸せな家庭を作って、萌子によく似た可愛い子供を作って……。

ほほえみながらもう一度ふり返ると、直広に手を引かれ、萌子の翼が左手の校舎に消えていくところだった。……天使みたいな、可愛い子供……。

そのとき、わたしの頭の奥に何かがフラッシュバックした。

——ええと、子供の萌子に……与次郎の声。萌子と与次郎……、萌子と与次郎。

「告れ、直広」

青年がやわらかく笑って、首をかしげた。

「何か意味がありそうですか？」

九十度以上の深さでお辞儀をした。

「これからも引き上げつづけなきゃと思ってます」

真珠の球を散らすように、青年と交信したいくつかの言葉が浮かんで、こぼれ落ちた。

「お別れなんかするもんか」

「犠牲者キャラ」

「亡くなった方の世界のほうに引っ張り込まれてはダメです」

わたしはつぶやいた。萌子と与次郎がセットで……。

――二重に引っ張り込まれてるのか？

――そんな……。

わたしは頭を振り、おかしな想像を打ち消した。ちょっと疲れてる、と思った。ポケットに手を入れ、肩をすくめ、急いで加藤のあとを追った。

第五章

愛の力

一分離力

机の上に山積みにされたサイン本の谷間に赤い色がチラついた気がして、目を上げると萌子と与次郎がペアルックみたいな赤いセーターを着て腕組みしながら立っている。与次郎が「よう」と元気よく呼びかけてくる。わたしは与次郎より萌子のほうが背が高いんだと思いながら、「ああ、与次、よく来てくれたね、ありがとう」と言い、新刊書の見返しに「与次郎様」「萌子様」と並べて書いて署名する。

だが、ペンを走らせながら、おかしい——と思う、与次郎はわたしのことなど知らないはずじゃないか。

でも、少し考えて合点がいく。わたしは姜尚中ではなく、直広青年になっていたからだ。自分の身を見下ろして、確かに、ちゃんと迷彩柄のダウンジャケットも着ている。だからいいんだ、おかしくない。いや——そんな馬鹿な、と思い直す。わたしは与次郎のことなど知らないし、顔を見たこともないのだ。

では、いまのは誰だ？

あわててカップルの姿を左右に追うと、赤いニットの萌子の背中が、さっきとは違う、西欧人らしい大柄な青年と手をつないで奥の非常扉から消えていくところだった。

「萌子さん！　ちょっと待って」

わたしは鉛のように重い腰をあげて必死で立ちあがろうとし、そこでハッと目が覚めた。

——夢か……。

わたしはベッドに起き直り、寝汗ではりついた髪をかきあげ、茫漠《ぼうばく》として考えた。

そうだ、萌子はどうなったんだろう。

直広は？

もしかしたら、おかしな夢を見たのは、萌子が青年のもとを去り、突然恋人のいるドイツに帰ってしまったからではないのか……？　そういえば、ここのところ青年からとんと連絡がないままだ。あの芝居の日、あんなに盛り上がって、喝采の中で「カップル誕生」となったはずなのに……。

あれこれと思案しているうちに、わたしは青年と出会ったあのサイン会からちょうど一年が経ったことに気づいた。

カーテンを開けると、あの日と同じ細かい霧雨が窓ガラスを濡らしていた。

世はせわしない師走に入り、震災に揺れた二〇一一年も過ぎ去ろうとしていた。

＊

萌子がドイツに去ったという知らせを青年がよこしたのは、九・一一の野外劇から二ヶ月ほど経った十一月のことだった。前代未聞の災害と、そののちにたずさわったつらい、ライフ・セービングという名のデス・セービング。その経験を演劇に昇華させていくことで、若い二人は人間の生と死についてシンパシーを分かち合い、互いの心を通わせるようになったはずだ。

篝火《かがりび》に浮かぶ海の神殿のようだったあの舞台。その壇上で、多くの観客に祝福されながらしっかりと抱きあった姿を見ていただけに、わたしは痛々しいものを感じた。

「なぜ？」

青年からの便りは、いかにも憂鬱な調子で始まっていた。

＊

姜尚中先生。

楽しくないメールを出すのが残念です。先生に芝居をあんなにほめていただき、みなさんにもすごく好評だったのに、それを縁に盛り上がった僕と萌子の仲がこんなに早くおかしくなっちゃうなんて……。夢の世界からいきなり地獄に突き落とされた感じです。萌子がいなくなってから、今日でちょうど十日です。三日前にファックス来たんですけど、それっきりです。僕のケータイ古くて国際通話できないし、国際メールもできないし、ＰＣのほうもアドレスとったら教えるって言われたきり何も言ってこないから、まるっきり待つしかない状態です。

なんだかもう授業に出る気もしないし、萌子がいないから演劇部も開店休業だし、就活も投げやりな感じです。劇の稽古に夢中になってたころはＰＴＳＤもかなりよくなったのに、また逆戻りって感じです。浮いたり沈んだりの繰り返しで、こんなんじゃダメですね。

どうしてそうなったのって、先生も、当然知りたいと思われるでしょうね。でも僕にも、よく説明できないんです。どうしてこうなったんでしょう。恋愛って、実ったとたんに何かが変わるものなんでしょうか。

想いが成就する前は、自信はないけど、前に向かっていく気分があったんです。でも、願いがかなったと思ったとたん、どこかで恐い感じがして、用心深くなって、守りに入った気がします。

どうしてでしょう？　いろんな理由があったかもしれません。萌子、芝居で気分が高揚したから、勢いで僕を受け入れただけじゃなかろうかとか。そうだとしたら、彼女がそれに気づいたあとにどうなるんだろうかとか。気づいて気持ちが冷めるのが恐いとか。

それに、与次郎の顔がちらちらするのです。与次郎が死に際に僕に残した告白のことが頭から離れません。おまえに任せるよって託された手紙のことが恐いんです。そのことを萌子が知れば、きっと僕を軽蔑するに違いない、それが恐いんです。そしてうっすらと八重歯で笑ってた与次郎の顔が頭を離れないんです。萌子は僕の懐にいるのに、いや、だからこそ、与次郎の顔がますますくっきりと浮かんでくるんです。

あの芝居の夜、僕は萌子に「好きだ」と言いました。萌子も、「私も好きよ」って言ってくれました。「大好きだわ」とも言ってくれました。でもそれって、どういうふうに好きだと思ったらいいのか、わかりませんでした。与次郎より好きなのか、ドイツにいるという本命の人より好きなのか……。「大好き」って、彼らよりも僕を選んでくれたってことですか。

あの夜はもう有頂天で、疑問にも思わなかったんですが、あとでいろいろと考えるようになったんです。あとで、というより、もう次の日からいろんなことがぐるぐると頭の中をめぐっていました。

そんなに気になるなら本人に確かめればいいはずですが、でもそれ、僕にはできないんです。もし聞いて「あら、彼らは別よ」とか言われたらどうしたらいいのか。「あのときはすごくそう言いたい気分だったの」とか言われたら目も当てられません。だから僕、告白してから、萌子が余計なことを思い出さないように、与次郎のヨの字もドイツのドの字も出さないようにしてました。

不安だから、やたらと萌子と一緒にいたがるようになりました。「萌子今日どこにいたの」とか、「明日どうするの」とか。彼女にしてみれば、急に縛られるようになったと感じたかもしれません。萌子が言うことに矛盾があると、「この前こう言ったじゃない」とか突っ込みを入れたりするようになりました。妙に疑《うたぐ》り深くなった気もします。それで、萌子、想像してたのと違うと思ったのじゃないでしょうか。僕も、われながら僕ってこんな小さい奴《やつ》だったのかと内心、がっかりです。

自分で言うのもあれですが、前は萌子、まわりの男子の中では僕といるのがいちばん楽だったと思うんです。逆らわないし、言うこと聞くし、自分のファンだし、変なことしないし。でも、いざ本物の彼女になってみたら、あんまり楽じゃなかった。まもなく萌子に言われました。

「直君、変わったわ。前はもっと愛らしい青年じゃなかった?」

萌子の僕を見る目、前みたいに「からかってる目」じゃなくなりました。悪いなという目。困ったという目。迷ってる目。あるいは、責めてる目。

それまでは萌子と僕、一緒にいるとき、とくに何も話さなくてもぜんぜん気になりませんでした。ところが、告白してからというもの、沈黙が重くなって、気まずいから、余計なこと聞いてしまうのです。

「萌子何考えてるの」

萌子、この質問大嫌いなんです。だからそのたびにイラッとして、

「直君こそ何考えてるの」

って聞き返してきます。

こんな会話、前はありませんでした。功に言ったら、ヒラメみたいな顔を広げて「『何考えてるの』ってせりふが出たら、そのカップルやばいそうだ」って面白がっていました。人ごとだと思って言いたい放題です。こっちは真剣そのものなのに。

そうしてるうちに、いちばん恐れていたことを言い出されたのです。

十月の終わりごろだったと思いますけど、部室に顔出したら萌子がいて、一緒にチャペルいこうって誘ってきました。チャペルなんて意味深だな、なんか「告白」されたらいやだなと不吉な予感がしたのですけど、うんいいよってあえて気軽な調子でついていきました。チャペルには誰もいなくて、僕たち二人きりでした。ノアの箱船みたいな透明な伽藍《がらん》の屋根から光が射しこんでいて、萌子のシルエットが輝いているようでした。

そして、中央の祭壇近くに来たとき、急にふり返って、話があるの――って。

萌子、「直君、私にドイツに恋人がいること知ってるよね」と言いました。知ってるよねって言われたら、うんと言うしかないからうなずいたら、「私、ドイツに行って彼に会ってきたいんだけど、いい?」って聞くんです。「このままじゃ、自分のためだけじゃなくて直君にとってもよくないと思うの」と。

萌子の話はこうなんです。

萌子、僕のことはとても好きだと言うんです。でも、ドイツにいる人のこともだいじで、両方に対する気持ちはそれぞれ違うのだそうです。

僕といるときはなんの力もいらなくて、気負いもなくて、そのまんま〝素〟の自分でいられる。ずっと一緒にいても疲れなくて気分がいいと言ってくれました。僕が告白したとき、これで安心していられる場所ができたと思ってうれしかったって。それに対して、ドイツのその人はあんまり楽じゃないそうです。一緒にいると張りあう感じがあって、いいところを見せようとして自分を作ってしまう。会う前も緊張するし、会ってからも緊張する。直広君といるときみたいに素ではいられない。でも、それが胸の高鳴りみたいなものにもつながっていて、そういうのを恋というのじゃないかと思ったりする。正直、どっちが本物なのかわからない。だからドイツに行って確かめてきたいと言うのです。

いまそれをやっておかないと自分はきっと後悔する。このままなんとなく僕と関係を進めていくのは間違っている気がするって。正直いって、私はいま直広君のことを見直している。だからこそちゃんとしたいのって。

萌子、真面目な顔して、はっきり言いました。

「私、自分の気持ち確かめてくるから、直君、待っててくれる？」

僕の顔をまっすぐに見てたんですが、でも後ろのステンドグラスから夕陽《ゆうひ》が射しこんで逆光になっていて、萌子の顔はむしろ翳《かげ》って見えました。僕を見ている黒目が沼みたいで、底に何かが潜んでるようで恐い気がしました。

萌子はもう一度言いました。

「待っててくれる？　確かめてくるから」

僕はわかったってうなずきました。

でも、内心、それはないよと思いました。だって、確かめてみてやっぱりその人のほうが本物だと思ったら帰ってこないんでしょう？　だったら、「待ってて」はない。ずるいと思いました。でも、同時にやさしさでもあって、「考え直しましょう」とか「つきあうのやめましょう」って言うより相手を傷つけない言い方なのかとも思いました。

そして、言いたいこと言ったらスッキリしたのか、萌子、「さて、行きましょ。直君ごはん食べない？　私おなかすいちゃった」ってけろっとした顔で言うのです。その変貌ぶりに驚きましたが、でも内心、僕、萌子ってすごいなと変なところで惚れ直しました。

そして――、先生。僕、すたすたと出口に向かう萌子に向かって、勇気出して一つだけ聞いたんです。

「萌子、確かめてくるって、それだけ？　与次郎は？」

って。

そしたら萌子、振り向いて僕のことじっと見て、口の中で「与次郎君……」ってつぶやいて、顎の先で小さくうなずきました。

で、睫毛《まつげ》をふせて、

「すてきな人だったわね」

って言いました。そして顔上げて、「直君、私は逆に聞きたい」って言いました。

「与次郎、与次郎ってそればかり言うけど、与次郎君が、何なの」

僕、萌子はすべてを知っているんだろうかとドキッとしました。

それから一週間後、萌子は旅立ちました。僕は見送りませんでした。倫子は成田までついていったそうです。ドイツに家があるから身の回りのものもいらないんでしょう。リュック一つだけの、すごく身軽な格好だったって言ってました。

＊

先生、萌子がいなくなったいま、僕、思うんです。

そういえば萌子って、いつどこかへ行っちゃってもおかしくない雰囲気が、もともとあったかもしれないと。

僕らのS学院大学に来たのだって途中から転入だし。僕らとは段チに頭いいし。だから完全に浮いてたし。それに、考えてみたらドイツ育ちだから、どんな子供だったのか、どんな中高時代を送っていたのかもよく知りません。萌子がいなくなったあと功に言ったら、「宇宙人だからな」って言ってました。

僕、萌子の家族のこともほとんど聞いたことがなかったのです。知っていたのはお父さんがドイツ文学者で、お母さんはもう亡くなっているってことだけ。萌子が言わないからたぶん言いたくないのだろうと聞きもしませんでしたが、倫子はちょっとだけ知ってて、お母さんは萌子が小さいころ、お父さんの助手だった大学院生と駆け落ちしたんですって。一回りも違う若い恋人で、かなりスキャンダルになったそうです。けっこう複雑な事情があるようです。

萌子のドイツ人の彼氏という人は、お母さんがいなくなったあとお世話になったお隣の夫婦の子供で、萌子とは幼馴染《おさなな》《じ》みのようにして育ったそうです。

その話を聞いたら、あんなに萌子がカッコいいのに、浮いた話が意外に少ない理由がわかる気がしました。

萌子見た目よりもずっと慎重で、ある意味戦略的で、ある意味臆病でもあるのかなと。ただ単に高飛車なわけじゃなかったんですね。

萌子のお母さん、子供も夫もすべて捨てて愛する人と出奔したわけですよね。だから萌子は、自分はそういう家族を傷つけるような恋だけはしたくないと心に決めていたのかもしれません。あるいは逆にすべてをなげうって駆け落ちするくらいの相手でなければ本物ではないと思っていたのかもしれません。

またもしお母さんがそれによって無残な結果に終わったのだとしたら、自分はそんな恋の敗北者にはぜったいにならない、自分はぜったいに傷つきたくないとプライド高く思ったのかもしれません。どれだかわかりません。でも、心の中では外から見るよりずっといろんなことを考えてたんだと気がつきました。

それから、いまにして思い至るのは就活のことです。僕たちみんな就職のことで青くなっているのに、萌子は真剣に考えているようには見えなかったんです。僕は萌子は才能があるから、就職しないでフリーの脚本家にでもなるつもりなんだろうと思っていたのですが、一度、「私のやりたいこと、ここでできるかどうかわかんないし」って言ったことがあったのです。そのときは聞き流しましたけど、それ、いま考えたら日本に永住する気はないって意味だったのかもしれません。

って……いろいろ、いろいろ、考えてしまうんです。

でも、だったらどうして僕の気持ちを受け入れたんだよと思ったり。腰かけ気分でもてあそばないでくれよと腹が立ったり。でも最後には、僕が萌子のことを責めるのはおかど違いで、僕が彼女のことをこんなに好きになっちゃったからいけないんだというところに落ち着いていくんです。

でもそれだけだったらまだ、なんとか奮い立てば突き進んでいけるかもしれないのに、僕の心の奥底にやましいことがあるから、こんなにもつれるんだって。

で、気がつくと、僕、与次郎に、

「与次郎、なんで僕にあんなこと言ったんだよ、僕を巻きぞえにしないでよ」

って言いたくなるんです。そしたら僕、こんなに悩まずにすんだのに。

そしたら、僕の中の与次郎が答えるんです。

「なんでって、そういうおまえだってホラ、萌子に正面から行けてないじゃないか。同類だよ」って。

僕はどうすべきなんでしょう。先生、僕はつらいです。だから萌子の本当の気持ちが知りたい。

萌子が僕をどう思っているのか、僕とどうなりたがっているのか知りたい。それを知って萌子が望んでいる通りにしたい。ヘンな言い方ですけれど、僕は萌子の心を解剖するみたいに、顕微鏡で覗くみたいに、嘘《うそ》発見器にかけるように知りたい。正面から問い詰めたらきっと逃げていっちゃいますから、そっと知りたい。で、その萌子の思いにかなうように、自分をあわせたい。

自分のほうにも隠してることがあって、そっちは脇に置いといて相手のことばかり知ろうというのはずるいですか。だけどつらいんです。この僕に他に方法がありますか。

こんなこと、先生にしか聞けません。くだらない話かもしれませんが、お願いします。

まわりの奴の言うこと、ぜんぜん参考にならないのです。功に僕どうしたらいい？って聞いたら、「うーん、そういうのを、惚れたほうの負けという」とか。その通りですけど、それじゃ解決にならないではないですか。先生、ご迷惑かもしれませんが、お願いします。

お返事お待ちしています。

西山直広

＊

――あの時はあんなに盛りあがっていたのに、わからないものだ。

わたしはため息をついた。

そして、萌子が与次郎と、そして見知らぬ青年と手をつないで現れ、去っていった夢を改めて思い出し、奇妙な気分になった。

そして、これは返事が難しいと思い、頬づえをつき、人差し指の先でキーの表面をしばし撫でた。

＊

直広君。

どうしているのか気にしていたけれど、そんなことになっていたとは意外です。でも、ありうる事態かもしれない。わたしもどんな建設的なことを言えるか自信がないし、参考になるかどうか心もとないけれど、少しだけ思うことを述べてみます。

君の話を聞いて、またしても『親和力』を思い出しました。どうもわたしたちは、年来、あの物語に取り憑かれているようだね。ある意味、たたられているのかもしれない。

君も読んだかもしれませんが、ゲーテの原作の中に、幼馴染みの男の子と女の子の挿話がありますね。

二人が、子供のときはそれと意識せず反発しあったりするのだけど、大人になって男と女として出会い直し、結ばれる話です。「隣り同士の不可思議な子供たち」というタイトルのノベルですが、萌子さんとドイツの恋人というのは、まるでそれのようだと思いました。もちろん、この場合、君にとっては彼ら二人が物語のように結ばれてくれては困るわけですが……。

ともあれ、『親和力』はそのように人間と人間のいわくいいがたい関係性を、じつに手を替え品を替えて描いているのです。

ひかれあったり、憎みあったり、くっついたり、離れたり、駆け引きしたり、しゃにむに突き進んだり、心変わりしたり、浮気したり、あるいは死んでしまったり。互いの間にこういう親和力が働くのは宇宙広しといえども人間だけです。改めて考えたらそれは大いなる謎ですから、ゲーテも表現したくなったのかもしれない。

そんな不可思議な「人間関係」という現象を、ゲーテは面白く説明しています。

登場人物の一人の大尉が、化学反応のたとえを使ってなぞらえるのです。石灰石の一片に希硫酸を加えると、希硫酸と石灰が結びついて粘土状の石膏《せっこう》ができ、石灰岩の中に含まれていた気体状の弱酸は追い出されてしまう――と。つまり、ある男と女が出会うことによってひかれあう反応が起こり、それによって、その男女が出会う以前に平和的にそこに存在していた人間が邪魔者として追い払われることがあるという意味です。それに対してシャルロッテは「その哀れな酸性の気体は無限の空間を彷徨《さまよ》わなければならなくなるのね」と言うのですが、大尉は「しかし、その酸性の気体は水と結びついてさわやかな鉱泉となって、それを飲む人をいやすこともある」と返します。

この物語が書かれたのは二百年以上も昔であり、いま読むとこのようなたとえは陳腐ですが、最新の化学の知識を文学的表現に取り込むことはきっとスマートだったのでしょう。

ともあれ、ゲーテがいいたいのは、人と人が出会うと、不思議な親和力や分離力が働いて、思わぬ恋が生まれたり、残酷な別れが生まれたりするけれども、それは単純な一種類ではなく、とらえ方によって、また心の置き方によっていろいろに変わるということなんです。

多少回りくどい説明になりましたが、だから君も、「彼女に恋人がいた、即自分はふられた」「彼女が去っていった、即もう帰ってこない」、と単純に決めつけないで、もう少しいろいろなケースがありうると考えてみたらどうでしょう。

単純に見れば、いまのところの君は石灰石と希硫酸の強力な結びつきに追い出された気体のようなものですが、同時にそれは人を癒し、人を清涼にするものであるわけです。

萌子さんは君といると安心する、素の自分でいられると言ったのでしたね。だとすると、彼女は最終的にはそういうもののほうを選ぶかもしれないではないですか。それもまた親和力の一種かもしれないのです。

だから、いまわたしが言えることは、待ちなさい、待つしかない、ということです。何の慰めにもアドバイスにもなっていないと君は思うかもしれない。でも、そんなことはないのです。そんなことはないということが、いつかきっとわかると思う。つらいかもしれないけれど、いまは待ちなさい。それだけです。

それから、与次郎君のことは君自身で考えてごらんなさい。突き放すのではありませんが、自分でよく考えて答えを出すのがいい。でも一つだけ言うと、わたしは君が間違っているとは思わない。これでは救いにならないでしょうか。

そしてもう一つだけ、最後に言いましょう。

これも何のアドバイスにもなっていないと思うかもしれないが、直広君、まるごと受け入れることです。萌子さんのことも、与次郎君のことも、そして君自身のことも、まるごと受け入れてください。もっと言えば、親和力も分離力も両方とも。萌子さんが帰ってこようが帰ってこまいが。与次郎君が君のことを恨んでいようがそうでなかろうが。重要なことは、ものごとの正解・不正解を弁別することではありません。右か左かのどちらかを選ぶことでもありません。両方を受け入れることなんです。

抽象的な言い方しかできなくて、申し訳ないですね。それでも少しでも君の力になれたならうれしいです。

どうか頑張って。

姜尚中

*

翌朝、パソコンを開くと、青年から短い返信が来ていた。

「待ちます」

とだけあった。

そして、便りはまた途絶えた。

二　引き上げ

あわただしい年の暮れは、それと意識する間もないうちに去りゆき、新年に入るとつねにないドカ雪と厳しい寒さが続いた。それもようやくゆるみはじめると、恒例の入学試験と卒業式。押し寄せる雑事の中に、青年との日々も沈みかけていた。ときおりふっと強烈なイメージとともに思い起こすことはあったが、なすすべもなかった。そうなのだ。わたしが青年に言ったように、わたし自身もまた、待つしかなかったのである。

そして、四月。春がめぐってきた。青春という言葉に春がつくのは、若草が萌えるような新しい生命の芽吹きを指しているからに違いないが、その「萌」の字を名前に持つ彼女は遠い異国の空の下でどうしているだろう。彼女も新しい何かの息吹を感じているだろうか。そして青年は？

さらに暦にひと月加わり、五月となった。桜は散り、青葉がしげり、天の下ははや汗ばむ陽気だ。

「五月祭」の準備でざわめく晴天のひと日、わたしは自分の〝城〟にこもり、頼まれた雑誌の仕事と取っ組み合いをしていた。開け放った窓の外をうかがうと、学生たちの笑い声と、やや強い薫風に乗って、遠い街路を走る廃品回収のアナウンスのようなものがうっすらと運ばれてきた。

手もとの頁がはたはたと揺れるのを指で押さえながら、わたしは少し甘いような気分で考えた。

――薫風。たちばな薫る風。橘《たちばな》……どんな匂いがするのだろう。

青年から半年ぶりのメールが来たのは、そんな皐月《さつき》の日の深更だった。

＊

姜先生。

お久しぶりです。

やっとお手紙出せます。先生、驚くことが起きました……、萌子戻ってきたんです。いま僕のそばにいます。戻ってきたんです萌子が。疲れたのでしょう。よく眠ってます。

先生、今日は最低と最高が両方あったすごい日でした。

「最低」は就活がまたしてもNGだったことです。一次は受かったのですが、面接がうまくいかなかったので無理だろうなと思っていたら、やっぱりダメでした。これで三打席連続三振です。で、くさって功に車借りてサーフィンしに行きました。しばらく海はいやになっていたのですが、最近やっと変なものが見えなくなって、サーフィンもダイビングも楽しめるようになったのです。

昨日、天気が荒れたでしょう？　今日は晴れましたけど気圧の谷の端が残ってて南風が強いので、Kの海岸、ぜったいいい波が立ってるはずだと思って行ってみたら、予想どおりでした。僕と同じこと考えたやつがたくさん来ていました。

で、三時間ぐらい夢中になって波に乗ったでしょうか、日が落ちてきたので、そろそろ引き揚げようと思いながら水平線を見たら、夕焼けがものすごくきれいだったのです。昼間からいっぱい出ていたうろこ雲がぜんぶ茜《あかね》色に染まってグラデーションになってて、写真を撮って先生にお送りしたいくらいでした。

うわー、きれいだなと思って見とれていたら、遠くで「直広君」って呼ばれた気がしました。僕、いけない、また萌子のこと思い出しちゃった、せっかく忘れかけてたのにと思って耳抜きして頭を振っていたら、もう一度、「ナオヒロ、クーン！」って、今度はハッキリ萌子が叫んでいるのが聞こえました。僕、エッ、ウソ、萌子どこ、どこって見渡したら、靴を脱ぎ捨ててざぶざぶ海に入ってくるところでした。僕、夢かと思って、「萌子！」って抜き手で水中を走って。萌子は流れに逆らってたから二回も海中でコケて、頭からずぶ濡れでした。

それから、どのくらい見つめあったでしょうか。一瞬だったのか、すごく長い、何分ものことだったのか。

僕、言うべき言葉が何も出なくて、ただ、

「萌子、帰ってきたんだ」

とだけ言いました。そしたら萌子も、

「うん、帰ってきた」

って。

「どうしてここが？」

「直のお母さんに聞いたの」

で、そのまま二の句を継げずにいたら、

「聞かないの」

って。

聞くって、いまさら何を聞くんです。

で、僕、「いいさ」と言いました。そしたら萌子の黒目のところがみるみる膨らんで、ボロッ、ボロッて、一個ずつ数えられるくらい大きな涙が二つ落ちました。萌子が泣いたの初めて見ました。

それから、萌子、急にブルッと震えて、クッシャンって大きなくしゃみを一つしました。まるでベタな小説か映画みたいですけど、僕そこで初めて金縛りが解けて、動けるようになって、「萌子、風邪ひくから早くいこ」って腕を取って岸に向かいかけたら、萌子、急に立ち止まって、僕の手をふり払ったかと思うと、いきなり首のところに抱きついてきました。びっくりしました。

うれしかったです。すごくうれしかった。ああ帰ってきたんだって、思いきり抱きしめ返しました。そうしたらとても細くて、かわいそうに痩せたんだなと思いました。

車に戻って、タオルと毛布と僕の服のありったけを萌子に巻きつけて、功と倫子に「萌子帰ってきた」とメールしました。そうしたら一分後に同時に返信がきて、功「宇宙人だからな」、倫子「女王様だからね」ですって。二人一緒にいたんですね。

それを見て萌子、「聞かないの。みんないい人なのね」ってまた泣きました。こんどはすごく泣きました。僕、「そうだよ、知らなかったのか」と言ってやりました。萌子、泣くと鼻の頭が赤くなるのです。初めて萌子のことを可愛いと思いました。

これが今日の「最高」です。

先生。前、僕に待つしかないっておっしゃいましたよね。で、僕も待ってみますってお答えしました。でも、じつのところ八割がたあきらめていたのです。

先生からメールをいただいたあと、「隣り同士の不可思議な子供たち」、読み返してみました。たしかに萌子とドイツ人の彼はあの物語に出てきて結ばれる幼馴染みのカップルにそっくりだと思いました。そう思ったら、こりゃもうダメだ、萌子は帰ってこないとがっくりでした。

でも、こうして帰ってきたってことは、先生がおっしゃったように、親和力の化学反応は一通りではなく、いろいろに働くんですね。

萌子とドイツ人の彼の間にどんなやり取りがあって、萌子の中にどんな感情が起こって、二人がどういう結論を出したのか僕にはわかりません。けれど、とにかく萌子の中に別の化学反応が起こったんでしょう。

やっぱり僕が好きだと思ったのか、やっぱり僕と生きたいと思ったのか、それともチョットだけ僕に癒されたいと思ってチョットだけ戻ってきたのか、どれなのかわかりません。けれど、僕はどれでもいいんです。そんなこと突っ込まなくていい。先生に言われたように、僕は萌子をまるごと受け入れたいと思うからです。

そんな愛は本物じゃないと言う人がいるかもしれません。そうかもしれません。でもそうであったとしても、少なくともウソではないと思うから。ウソでない以上、そこには何かがあるはずですよね。そうでしょう？　先生。

先生がおっしゃった化学反応のところも読み直してみました。前はおかしなたとえをする人たちだと思って完璧スルーしていました。でも、よく読んだらいろんな意味に取れるのですね。

僕なんかの意見を言うのは恥ずかしいのですけど、僕は人と人の間には自然の化学反応が働くものだって言った大尉の発言よりも、異議を申し立てたシャルロッテの意見のほうが気になりました。シャルロッテは、そういう反応が起こるのは「自然」の力ではなく「機会」の問題――、つまり、そうした物質を配合し、反応させる「科学者の手の問題」だって言います。人と人の関係や、互いの間に生まれる感情は人為的なコントロールによっているという考え方です。シャルロッテらしいです。

以前はずいぶん味気ないこと言うと思って共感できませんでした。人が人を愛する感情は自然に生まれてくるべきであり、そうでなきゃウソだと思ったからです。それが「ピュア」というものであり、それを制御するのは「不自然」だとも感じました。だけど、そうばかりともいえないといまは思っています。

人が人を愛したり、憎んだり、惹《ひ》かれたり、反発したり、嫉妬したりする、そういう心の揺れや動きはぜんぶ自然に任せるのが正しいというのはシャルロッテの夫のエードゥアルトの考え方でした。それは一見正しいようだけれども残酷で、人を傷つけることもあるって、先生、前におっしゃったことがありました。それ、いま、すごくよくわかるんです。

なぜならば、勇気を出していまの僕の考えを言うと、けっきょく僕らはみんな人間である以上、純粋に自然であることはありえないからです。僕は思うんです、人間って知恵があるから、百パーセント自然のままではありえないって。だから、シャルロッテの言うことはある意味正しいのです。

でも、矛盾しますけど、同時に僕たちは自然とつながっていないと生きられませんよね。それもほんとだと思います。天然自然そのまんまでは生きられない。でも、自然とつながっていないと生きられない。その矛盾したものが、『親和力』の人間模様の悲劇の根っこにあるんだと、僕なりにわかったんです。その矛盾が大きくなって、そして揺り戻しの悲劇が起こるんだと思います。

同じように、現在の僕や萌子や与次郎やドイツの彼の間で起こっているきしみのようなものも、原因は同じようなものじゃないでしょうか。そして、ものごとのレベルは違うけれど、去年の地震をめぐるたくさんの悲しみも、自然のままでは生きられない、でも自然とつながっていないと生きられない、という矛盾の、とてつもなく大きな揺り返しだと感じています。

じゃ、そんなふうにしか生きられない僕たちはどうすればいいんでしょうか。どうにもしようがないのだとぜんぶを受け入れて、せめてお互い傷つけあわないように生きる。それが、先生がこのまえおっしゃった、まるごと受け入れなさいということではないのですか？　いまの僕は、そうだと思っています。そうとしか言えません。というより、僕にはそれしか方法がないんです。

だって、萌子の瞳に映っているのは僕だけではないからです。

それでも、僕は萌子を受け入れたいんです。

それに、自分のことを考えたら、僕のほうだって純粋一途な愛とは言えないような後ろめたさを感じてしまいます。誰にも知られたくない、親友のラブレターのことを考えると、僕は萌子に自分だけ見つめていてほしいなんて言えなくなります。

だから――。

変な言い方ですが、先生、僕はもう引き上げるのやめます。

少し前まで、僕はすべてを引き上げなきゃいけない、引き上げてすべての身元をはっきりさせることが誠意だと思っていたのです。でもそうばかりではないのですね。だからといって、闇に葬るのではない。避けるのでもない。なかったものとして無視するのでもありません。そうじゃなくて、それも、これも、自分の中に愛情と一緒に抱きしめて生きるんですね。ぜんぶ自分の中に抱きしめて、自分の生きる力にさせてもらうんです。先生、そうでしたよね。それが自然とつながって生きるってことでしょう？　そして、そのまるごとが、けっきょく「自分」ってものでもあるのでしょう？

百パーセント想いがかなわなくても、僕、せめて傷つけあわずに生きたいです。その態度には、けっしてウソじゃない、真面目な、なにかしらきれいなものがあると思いたいですから。

萌子もいま、似たようなことを考えているかもしれません。ちょっとわかりあえたのではないかって気がしなくもないです。

さっき、こんな会話をしました。

「こんなことになるなんてね」

「ええ、こんなことになるなんて」

「与次郎に報告しなきゃ」

「私も報告しなきゃ」

――って。

お互い別の人に報告しあっちゃって。でも倫子だったら、「それ親和力」ってズバッとひとこと言いそうです。

そのあと萌子、「直君、ところでまた聞くけど」と、ちょっと向き直りました。「与次郎、与次郎って、二言目には与次郎って言うけど、与次郎君は、何なの」

僕と萌子、しばし見つめあって、おかしくなってブーッて吹き出しました。

先生、萌子はまたいなくなるかもしれません。でもそれは考えないことにします。そんなことは引き上げない。だって、いま、僕の腕の中にいるんですから。いまの萌子をまるごと抱きしめたいですから。

あ、萌子目を覚ましました。

「直君、何書いてるの」って聞いています。

このくらいにします。先生、感謝します。なんて言ったらいいのか、言葉もありません。先生、僕、生きます。もっともっと生きたくなりました。萌子のことも与次郎のことも功のことも倫子のことも、そして自然も自然じゃないものも抱きしめて、生きます。見守っててください。

ほんとにありがとう、ありがとうございます。

僕の先生。

西山直広

三　息子

そのとき——。

トン、トン、とノックの音がした。

夢から醒めたばかりのような心持ちで「どうぞ」と応じると、今期からゼミで指導を始めたばかりの学生だ。「朝早く、すみません」と、遠慮がちな上半身が細く開けられた扉からまず覗き、わたしがうなずくと、すみません、と長身をすべり込ませてきた。

青年からのメールを読み終え、静かな感動のさざ波に浸っていたわたしは、学生が歩み寄るまでの間、またディスプレイに顔を落とし、先ほどの画面を注視しかかったが、

そのパソコンのキーボードに触れているわたしの手元に、

「お話ししてたレポート、できました。読んでください」

と、ていねいに両手を揃え、学生はA４の茶封筒を置いた。

ふたたび見上げたわたしの目と、彼の目がぴたりと合った。

日に焼けた肌、短く刈り込んだ髪。やわらかなまぶたを細めてきれいな歯を見せ、ニッコリ笑った。わたしはつい、つりこまれてしまった。

そして、双方まったく別の思いを持って、しばし見つめあった。

一礼して戸口に向かう学生の背を見ながら、わたしは、

――もう、足かけ二年になるのだ、
と思った。

半ば夢心地のような気分のまま、椅子の背にもたれ、青年の唐突な出現から始まった、いろいろなシーンを思い浮かべた。親友の死、裏切り、良心の呵責、募る恋、さまざまな親和力、仲間たち、「自分」探し。

幾多の悩みと逡巡《しゅんじゅん》があった。そして……。

大地震、海辺の廃墟、デス・セービング、「死」との出会い、PTSD、つきまとい続ける親友の影、秘密、演劇、カタルシス。

そして……。

唐突に去り、また唐突に戻ってきた恋人。さまざまな曲折の果てに、いま青年はその恋人を抱いている。愛はかなえられたのだ。しかし、それは忘我の境に入るような恍惚《こうこつ》

ではなく、光と影を両方含み、いいようのない陰影が揺らめいている成就だ。そう思うと、わたしは青年に対して、ただありきたりな祝福を送る気になれなかった。

「それでも、僕は受け入れたいんです」

青年は言った。

すべてを抱きしめていこうとしている。

「そのまるごとが、けっきょく『自分』ってものでもあるでしょう?」

すべてを抱きしめて、生きるつもりなのだ。

失礼しました——と、〝新しい青年〟がパタリと閉じた扉を見ながら、わたしはまた思った。

青年は歩きつづけるだろう。そして、時はめぐっていくのだ。そうだ、それでも人生は続くのだ。

ふと、わたしの心の中に、彼との交信はこれで終わりになるかもしれないという予感のようなものがちらついた。であれば、いま、わたしの心のうちを伝えるべきかもしれない……。

いまがそのときかもしれない、と思った。

わたしはキーボードを叩きはじめた。

＊

直広君。

ずっと便りを待っていました。

萌子さんが君のもとに帰ってくるとは、わたしもじつは予想していませんでした。なによりも君が驚き、そして喜んだはずです。君は彼女を愛さずにはいられなかったし、彼女への断ちがたい想いをずっと抱きつづけてきたのですから。

君は、両手をあげて彼女を受け入れたいはずです。でも、君の中には百パーセントそうできないものがありますね。恋い焦がれてきた女性《ひと》であれば、愛の成就はわだかまりのない、清く流れる水のようなものであってほしい。それなのに、その中に濁りのようなものが混じっている。

萌子さんがなぜ君のもとを離れ、そしていま、どうして君のもとに帰ってきたのか。彼女を愛したいと思えば思うほど、君は彼女の不透明さが気になってくることでしょう。そして、同じように、自分自身の不透明さも。しかし、同時に、それが気になればなるほど、愛が募る。さように愛とはまことに不可思議で、厄介で、また残酷なものです。でも、君はそうしたものもぜんぶひっくるめて、まるごと抱きしめて生きていくことにしたのですね。そんな君に、わたしは年の差を超えて敬意すら感じています。

以前、君は、彼女の心の中を顕微鏡で覗くように、解剖するように、そのごくごく小さな動きまでも知り尽くしたいと言いましたね。萌子さんを待ちながら、君は心のＸ線写真で彼女の心の透過像を得たい心境だったと思います。でも当たり前のことですが、「他人」の心を覗くＸ線写真はありません。そして、いま君自身も実感していると思いますが、「自分自身」の心を確認する透過像も存在しません。

君が言ったように、人間は○か×か、黒か白かにきれいに弁別できるほど単純ではありません。もっと混沌《こんとん》としたものです。他の生きものと違って生半可に知恵を持っているだけに、人間はそれを分析し、分類し、自分の支配下に置こうとしたがりますが、そんなことができるはずはありません。混沌というそのものが、まさに人間という自然でもあるのですから。

他人の心が透過できず、また、当の自分の心も明らかにわからないからこそ、人と人との間に親和力のようなものが働くのかもしれません。親和力は人の外側だけでなく、人の心の内側にも働くのかもしれません。

愛が強ければ強いほど、また愛がピュアであってほしいと思えば思うほど、かすかな濁りですらも許せなくなるでしょうが、しかし濁りがあればあるほど、愛が募り、ピュアなものへの憧れが強くなっていくように思えます。とすれば、愛と不信、純粋と汚濁とは、手に手をとって人の心に熱を与えつづけているともいえます。だからこそ、悩みも昂《こう》じ、生への欲動も強くなっていくのかもしれません。

わたしは君が萌子さんとの愛の讃歌に酔っているだけではないことを知り、むしろ安《あん》堵《ど》しています。なぜなら、君は生きることのより深い部分に目を向けつつあるからです。君は、萌子さんへの愛が募るたびに与次郎君の顔を思い浮かべる。だから、萌子さんとの愛に恍惚として酔うことができない。でも、わたしはそのような君に人間的な誠実さを感じます。もし君が何のわだかまりもなく、萌子さんとの愛を屈託なく讃歌するのであれば、わたしはかえって君に対してわだかまりを持ったかもしれません。

君は与次郎君の生と死に導かれ、遺体の引き上げという過酷なボランティアに取り組みました。「デス・セービング」——です。君は死と向きあうことによって、生と死とがけっして切り離されているわけではないことを実感しました。そしてふたたび与次郎君の生と死に向きあいました。人間という不可思議なものの深淵を見た君が、愛の恍惚に単純に酔うことがないのは当たり前だと思います。わたしはそんな君に共感を覚えるのです。

*

最後に、君に伝えたいことがあります。

それは、なぜわたしが君にこだわりを持ったのかということです。それは、君にはどこか亡くなった息子の面影があったからです。容姿が似ているというわけではありませんし、また、君の感性や考えが息子に近いというわけでもありません。それでも君が突然、わたしの目の前に現れたとき、一瞬、息をのむほど息子の面影を感じたのです。その後も折に触れ、わたしは君と息子との不思議な相似にとまどいました。

わたしが君に感じた、痛いような、懐かしいような、いとおしいような感じ。あるいは奇異とも違和感ともいえる感じ。それは君と親交を重ねるうちにしだいにわたし自身になじみ、あまり意識されなくなっていきましたが、そのかわりに、わたしはいつしか君をまるでもう一人の息子のように感じるようになっていたかもしれません。

そして、そうであるだけに、最初はどこか頼りなく思われた君が成長していくさまが、どれほどうれしかったか。正直、君が悩んだり迷ったりしている姿を見て、もしや君をも失うことになりはせぬかと不安に駆られることもありました。しかし、幾多の経験を経ながら、君はたくましく、やわらかく、深い青年になっていきました。

そして、いまふと気づいてみれば、わたしは君を励ましているつもりで、君に励まされる身になっていたかもしれません。

生きろ――と。

＊

そんな君と息子との相似が那辺《なへん》にあるのか、わたしにはしばらくわかりませんでした。しかし、それは君たちの真面目さにあるのだ、といまわたしは思いいたっています。息子は君と同じように真面目でした。しかし、不治のような心の病に懊悩《おうのう》し、「こんな悲惨にあっても、それでも生きていかなければならないのか」と問いつづけた果てに帰らぬ人となりました。

煩悶《はんもん》の中で息子は、ひとときは世界の破滅とみずからの破滅を願ったことがあります。世界への憎しみがエスカレートする中、「世界の悲惨が自分たちの外にあるとは思ってほしくない。世界の悲惨は自分たちの中にあるんだ」と口走ることもありました。息子は苦悶《くもん》し、悩みつづけました。しかし、その果てにこの世界を受け入れ、柔和で、優しい、無垢な表情を取り戻しました。

だが、まさしく生まれ変わり、回心をとげたと思ったとき、「生きとし生けるもの、末永く元気で」という言葉を残して帰らぬ人になったのです。

その冷たくなった亡骸《なきがら》を抱きかかえたとき、わたしは生と死の境すら判然としないような沈黙の世界の中に独りたたずんでいるような気がしました。一切が沈黙し、時間がすべて止まっている感じがしたのです。

しかし時とともに我に返ると、やがて悲しみは深まり、どれだけ嗚咽《おえつ》の涙を流したかわかりません。そして時が経てば経つほど、悲しみは深く深く我が身の中に食い込んでくるのです。

直広くん、君には正直に言いましょう。

わたしは余りの悲しさに、生きる力さえなくしてしまいそうでした。

そして魔が差したときには、一瞬、息子のところにいきたいと思ったほどです。

でも、わたしはこの世界とのもやいを断ち切ることはできませんでした。というより、まさしく断ち切ることを断念させたのは、他ならぬ息子の言葉だったのです。

「生きとし生けるもの、末永く元気で」

自らの死をもって残したこの言葉を、わたしは否定することができませんでした。それは、「生きろ」と訴えているからです。

君は、「デス・セービング」を通じて「生きろ」という言葉を学びました。それこそが、息子が言わんとしたことなのかもしれません。そう、わたしは、今では、息子の言葉は、あの大震災で亡くなった二万人近くの方々、そして原発事故で絶望や流離の果てに亡くなった人々の遺言ではないかと思うようになりました。

直広くん、

「末永く元気で」

わたしもそうします。

そして生きて生きて、生き抜いた果てに、息子と再会することができれば——。父《アボジ》は立派にお前の言葉を守ったよと、報告したいのです。

姜尚中

書き終えて読み返すうちに、画面の字が滲《にじ》んでくるのがわかった。わたしは目頭を拭い、送信のキーを叩こうとして――、思いとどまった。送信するのはよそう。送られなかったメールとしてわたしの心の中にずっと取っておこう。そう思い直し、わたしは「心」と記されたフォルダの中にファイルをそっとしまった。

（完）

解説

佐藤　優

小説の体裁を取っているが、これは、姜尚中氏の信仰告白の書だ。主人公は、超エリート大学の教授で作家の在日韓国／朝鮮人だ。

主人公には、〈不治のような心の病に懊悩《おうのう》し、「こんな悲惨にあっても、それでも生きていかなければならないのか」と問いつづけた果てに帰らぬ人〉（274頁）になった息子がいた。その主人公が書店でサイン会の準備をしていると突然、息子を彷彿《ほうふつ》させる青年が現れる。その描写からこの小説は始まる。

〈青年は突然、わたしの前に姿を現した。

積み上げられたサイン本の山の間に迷彩柄のダウンジャケットが覗《のぞ》き、「え、まだ時間では……」と見上げたわたしの目と、わたしを見つめる彼の目とがぴたりと合った。日に焼けた肌と、若者特有のきれいな輪郭、そして、はにかんだような戸惑ったようなやわらかい奥二重の目。一瞬、わたしは息をのみ、思わずあの子の名前を口走りそうになった。――ただ、次の瞬間、別人であるとわかったけれども――、わたしと青年は双方まったく別の思いを持って、しばし目と目を見つめあったのだった。

それはずいぶん長い間のように思われたが、じっさいにはほんの数秒だったかもしれない。青年はすらりとした長身の背中をほとんど直角に折り曲げ、ていねいすぎるお辞儀をすると、結んでいた唇をおもむろにゆるめ、言葉を発した。

「突然すみません、大学生の西山直広《にしやまなおひろ》といいます。先生のファンです。ぶしつけとは思ったのですが、どうしてもお目にかかりたくて押しかけてきました」

しばたたく瞳の奥に思い詰めたものがあふれていた。そして、やや顔を赤らめ、いったん息を吸い込むと吐き出し、言葉を継いだ。

「これ、読んでください」

やや突き出すように、それでも両手をきちんと揃《そろ》えて机の上に置いたのは、定型の茶封筒だった。青年はまたわたしの目を見つめ、「真剣なんです。お願いします」と言ったなり踵《きびす》を返して去っていった。〉（14〜15頁）

この書き出しを読むと、本書が夏目漱石《なつめそうせき》の『こゝろ』とはまったく異なる作品であることがわかる。『こゝろ』の主人公である「私」は、主人公であると同時に、物語全体を鳥瞰《ちょうかん》する神のような立ち位置をとっている。それに対して、『心』の「わたし」は、物語全体を鳥瞰することはない。直広と対等の人格として描かれている。『心』は、島崎藤村《しまざきとうそん》の『破戒《はかい》』、田山花袋《たやまかたい》の『蒲団《ふとん》』を継承する私小説だ。『心』で主人公の名前が

「姜尚中」と明示されていることに著者の姜尚中氏の決意が込められている。姜尚中氏が、文字通り、自分の身と心を切り刻みながら書いた作品だ。

直広は、埼玉県上《あげ》尾《お》市にあるS学院大学というキリスト教主義学校（いわゆるミッションスクール）に通っている。手紙には、死んだ親友・与次郎《よじろう》への思いが綴《つづ》られていた。主人公はメールで返信し、コミュニケーションが始まる。

主人公と直広が知り合ってからしばらく経《た》ったところで二〇一一年三月十一日の東日本大震災が発生する。直広は、特技のライフ・セービングを活《い》かしたボランティアを試みるが、実際に行ったのは死体を収容するデス・セービングだった。直広は、メールで、主人公に根源的な問いかけをする。

〈先生、僕、このボランティアを始めるとき、「死」の意味を見つけるために行ってきますって言いました。「死って何？」の意味を見つけに行ってきますって言いましたよね？　その意味、僕はいま、半分わかったような気がしているんです。

うまく言えないんですけど、「死」って結局、「生」を輝かせてくれるものじゃないでしょうか。先生は「死」の中にはその人の人生の「記憶」があり、その人の「過去」があるっておっしゃいました。だから「死」によってその人は永遠になるって。僕はそれと同じことを言っているのかどうか確信がないのですが、遺体を一つひとつ引き上げて、一人ひとりの死と向きあっているうちに、とにかく、僕、「自分、生きなきゃいけない」

ってすごく思うようになったのです。

生きなきゃいけない。

そして、せっかくこうして生きているのだから、無駄に生きちゃいけない、やりたいことはやるべきだって思うようになったのです。

（中略）

僕はもともとこのボランティアはライフ・セービングの延長だと思って始めたのです。でも、やってみたら明らかに違いました。というのも、ライフ・セービングはもともと亡くなった方を捜すのが目的じゃありません。あくまでも生きている方を救助するための活動です。ですから「ライフ（命）」を「セーブ（救う）」するという。でも、このボランティアが救助するのは、明らかに「ライフ」ではありません。では、僕はいったい何を救ったのでしょうか。

何かお考えがあったら教えてください。お願いします。〉（157〜159頁）

直広は、心の中に潜在的に抱えていた死への誘惑を克服することはできた。しかし、生が、死に打ち勝つほどの力を持っているとは確信できないのである。そこで主人公に助けを求めているのだ。

この実存的な問いに対して、主人公はこう答える。

〈君がやったことは生にとって意味のないことではけっしてありません。そんなはずがありません。そうではなく、君は人が「生きた」という人生の証《あかし》をはっきりさせるための〝ピリオド〟を打つ仕事をしたのです。君は人の魂の〝看取《みと》り〟をする仕事に取り組んだのですよ。君がそれをやったからこそ、君が見つけた遺骸は単なる物体でなくなったのです。単なる死者でなくなったのです。生き生きとした、輝くような過去を持った永遠の人になったのです。

君の取り組みを見て、わたしは改めて死は生の中にくるまれて存在していることを実感しました。死と隣り合わせ、死と表裏一体でつながっているからこそ、生は輝き、意味のあるものになる。そのことを改めて感じました。

死の中に生が含まれている。

生の中に死がくるみこまれている。

それは矛盾ではありません。それが人間というものの尊厳を形成しているのです。〉

（166～167頁）

田邊元《たなべはじめ》は『歴史的現実』（岩波書店、一九四〇年）で、生即死、死即生であるということを強調した。自分自身を理屈（理性）によって徹底的に深く掘り下げたところに、超越性をつかむ契機がある。キルケゴール、カール・バルト、西田幾多郎《にしだきたろう》、田邊元などが哲学や神学の言葉で語った内在的超越について、姜尚中氏は、わかりやすい小説の言葉で表現することに成功している。

その後、小説は、直広と萌子《もえこ》の恋愛（そこには萌子に想《おも》いを寄せながら死んだ与次郎、さらに萌子がドイツに残した恋人との二つの三角関係が絡みあう）を軸に何重もの入れ子構造になる。特にゲーテの『親和力』を翻案した演劇の脚本を通じ、運命、真実の愛、死者との連帯といったかなり重い問題が正面から扱われる。本書を大学のゼミのテキストとして、音読しながら読み解いていくと、キリスト教、哲学、倫理学の基本的知識が得られる。その意味で実用的な本だ。ここで扱われている重要なテーマの一つが悪の起源をめぐる問題だ。主人公は直広にこんなことを説く。

〈ともあれ、『親和力』はそのように人間と人間のいわくいいがたい関係性を、じつに手を替え品を替えて描いているのです。

ひかれあったり、憎みあったり、くっついたり、離れたり、駆け引きしたり、しゃにむに突き進んだり、心変わりしたり、浮気したり、あるいは死んでしまったり。互いの間にこういう親和力が働くのは宇宙広しといえども人間だけです。改めて考えたらそれは大いなる謎ですから、ゲーテも表現したくなったのかもしれない。〉（253頁）

この世の悪は人間と人間の関係から、すなわち親和力と分離力によってもたらされる人生劇場に不可避的に現れる。悪は人間が作り出したものであるので神には責任がない。しかし、この悪を克服するためには、悪に対して責任を負わない神の愛の力が不可欠なのである。神学で扱う神義論（弁神論）を姜尚中氏は小説で表現することに成功した。

同時にこの小説を書くということが、息子を失った姜尚中氏の魂を救済する過程なのである。

〈煩悶《はんもん》の中で息子は、ひととき世界の破滅とみずからの破滅を願ったことがあります。（中略）息子は苦悶《くもん》し、悩みつづけました。しかし、その果てにこの世界を受け入れ、柔和で、優しい、無垢《むく》な表情を取り戻しました。

だが、まさしく生まれ変わり、回心をとげたと思ったとき、「生きとし生けるもの、末永く元気で」という言葉を残して帰らぬ人になったのです。〉（２７４頁）

生きる力をなくしてしまいそうになり、〈魔が差したときには、一瞬、息子のところにいきたいと思った〉（２７５頁）姜尚中氏に、書く仕事を与えることにより、神は救済の手を差し伸べたのである。

（さとう・まさる　作家／元外務省主任分析官）

この作品は二〇一三年四月、集英社より刊行されました。

集英社文庫

心《こころ》

2015年3月25日　第1刷　　定価はカバーに表示してあります。

著　者　姜尚中《カンサンジュン》
発行者　加藤　潤
発行所　株式会社　集英社
東京都千代田区一ツ橋2-5-10　〒101-8050
電話　【編集部】03-3230-6095
【読者係】03-3230-6080
【販売部】03-3230-6393（書店専用）
印　刷　大日本印刷株式会社
製　本　大日本印刷株式会社

フォーマットデザイン　アリヤマデザインストア　　マークデザイン　居山浩二

ISBN978-4-08-745290-7 C0193